Geschichten

aus dem Polizeialltag

Impressum

Bibliografische Information der Deutschen Nationalbibliothek: Die Deutsche Nationalbibliothek verzeichnet diese Publikation in der Deutschen Nationalbibliografie; detaillierte bibliografische Daten sind im Internet über dnb.dnb.de abrufbar.

© 2021 Peter Joachim

Herstellung und Verlag: BoD – Books on Demand, Norderstedt

ISBN 9783755712978

Inhaltsverzeichnis

Vorwort

Als ich damals, es war 1985, in die Polizeischule eintrat, wusste ich nichts über den Job, ausser den Klischees, die jeder wohl so hat. Da sieht man sich auf Verfolgungsjagden, in Schiessereien und am Schluss wird der Böse eingelocht. Manchmal trifft das zu aber nicht immer.

In 27 Jahren sammelten sich dann Erlebnisse und Anekdoten an, die oft lustig waren, manchmal aber auch nicht. Natürlich sind hier bei Weitem nicht alle Erlebnisse gesammelt aber Notizen sind vorhanden und wer weiss, vieleicht gibt es eine Fortsetzung.

Die in den Episoden erwähnten Kolleginnen und Kollegen sind teilweise heute pensioniert, einige davon sind aber immer noch im Dienst. Ich bin mir aber sicher, dass sie sich selber in den Geschichten wiedererkennen.

Als aktiver Polizist bekommt man die Gelegenheit, oder hat sie bekommen, für die nationale Fluggesellschaft Swissair Einsätze als Flugsicherheitsbegleiter zu leisten. So gab es auch Einsätze, die nicht auf dem Boden stattgefunden haben. In fremden Ländern oder in der Luft erzählt von Erlebnissen, die während der Zeit als Flugsicherheitsbeamter bei der damaligen Swissair gemacht wurden.

Viel Spass!

Auf der Strasse

Eine Verfolgungsfahrt

An einem schönen Mittwochnachmittag fuhren Karola und Peter mit ihrem Streifenwagen in ihrem Revier auf Streife.

Sie hatten kurz nach 12 Uhr den Dienst übernommen und waren bis 1530 im Streifendienst eingeteilt. Die Wärme war unangenehm, nur die Klimaanlage im Streifenwagen machte das Ausharren erträglich. Plötzlich eine Meldung: „An alle von Zentrale, ein Fahrzeugbesitzer hat soeben an der Hardstrasse sein als gestohlen gemeldetes Auto vorbeifahren sehen. Es fuhr auf die Brücke in Richtung Rosengarten."

Peter schaute zu Karola hin und sagte:" Was meinst Du? Fahren wir auf die Brücke und warten da? Vielleicht kommt er ja noch vorbei."

Karola nickte und wendete den Streifenwagen auf der Fahrbahn. Sie waren nicht weit von der Brücke entfernt und über die Auffahrt am Sihlquai konnten sie innert einer halben Minute auf der Brücke sein und dem Autodieb auflauern.

Während Karola den Streifenwagen mit grösstmöglicher Geschwindigkeit zur Brücke fuhr, Blaulicht und Sirene wären hier fehl am Platz gewesen, hätten die Warnsignale den Autodieb ja nur gewarnt, griff Peter nach dem Mikro des Funkgerätes und meldete: „An Zentrale von Limmat 5, wir sind am Sihlquai und fahren auf die Brücke zum Abfangen." Die Zentrale bestätigte dies.

Die Rampe führt in elegantem Rechtsschwung auf die Hardbrücke, wo sie spitzwinklig in Richtung Rosengarten

10

einmündet. Dort hielt Karola den Streifenwagen an. Gespannt beugten sich die beiden nach vorn, um neben der Betonleitplanke einen Blick auf die Fahrbahn zu erhaschen. Ob er wohl bald käme?

Peter rechnete. Die Zeit, die verstrichen war, seit der Eigentümer sein Auto gesehen hatte, bis sie ihren Standort erreichten, war zu lang, vermutlich war er schon durch. Naja, man konnte ja mal warten, wer weiss.

Als nach 10 Minuten noch immer kein blauer Nissan durchgefahren war, meinte Peter: „Ich glaube, den haben wir verpasst. Lass uns weiterfahren." Karola stimmte zu und lenkte den Streifenwagen vollends auf die Hardbrücke. Sie tuckerten gemütlich bergwärts.

„Zentrale von Limmat 115, ich habe den Wagen gefunden", plärrte da auf einmal das Funkgerät. „Er steht an der Kronenstrasse und ist parkiert, kein Lenker beim Fahrzeug."

Karola und Peter sahen sich an. Ohne Worte änderte Karola die Richtung und sie fuhren zur angegebenen Örtlichkeit. Aber nicht direkt zum Fahrzeug, sondern eine Querstrasse davon entfernt. Dort stellten sie ihren Streifenwagen auf und warteten einfach mal.

„Ich vermute, der kommt wieder zum Auto, wenn er glaubt, dass wir es nicht gefunden hätten", sagte Peter und grinste, „da kann er was erleben." Unterdessen hatten die Kollegen in der Zentrale eine zivile Patrouille losgeschickt, die das Fahrzeug in der Nähe überwachen sollte, damit man den Lenker beim Besteigen des Fahrzeugs verhaften könnte.

Die Zeit rann dahin. Nach fast einer Stunde meinte Peter: „Ich gebe ihm noch eine Viertelstunde, dann gehen wir.

11

Schliesslich sind wir nur bis 1530 eingeteilt und es ist schon 1545 Uhr."

Kaum hatte er das gesagt, meldete die zivile Patrouille, dass der Lenker mit dem Auto wegfahre, und zwar verkehrt durch die Einbahn zur Kornhausstrasse.

„Verdammt, haben die denn geschlafen", knurrte Peter. Karola startete den Streifenwagen und fuhr so schnell es möglich war, auch zur Kornhausstrasse. Die Zivilen blieben dem blauen Auto auf den Fersen und meldeten den Weg, den sie fuhren. So konnte Karola mit diesen Angaben aufschliessen.

„Da vorne steht er", sagte Peter und zeigte auf einen blauen Kleinwagen, der in der Kolonne stand. „Fahr auf gleiche Höhe und klemme ihn ein, damit er nicht rauskommt. Lass mich aber ein paar Meter vorher aussteigen, damit er nicht weit kommt, wenn er rennen sollte."

Karola tat wie geheissen und blieb zwei Meter hinter dem Auto stehen, damit Peter raus konnte. Noch als dieser am Aussteigen war, bemerkte der Autodieb sein beginnendes Problem und drückte rücksichtslos aufs Gas. Er rammte das vor ihm stehende Auto und schob es ein bisschen weg, damit er aus der Kolonne ausbrechen konnte. Sofort raste er mit Vollgas los, auf eine Gruppe Fussgänger zu, die gerade die Strasse überquerte.

Peter hätte hinterher nicht sagen können, wie lange er für seine Überlegungen gebraucht hatte, denn seine Gedanken wirbelten wild im Kopf. „Es ist kurz vor Feierabend, es hat viele Leute auf der Strasse, der Kerl fährt jemand tot, da vorne müssen die Menschen zur Seite hechten" alles Gedanken, die ihm durch den Kopf gingen. Er zog seine Waffe und scheinbar wie in Trance schoss er dem Auto hinterher. Er zielte dabei aber nicht auf Reifen, denn das weiss jeder Polizist, ein Reifen ist schwer zu treffen und ein Treffer im Reifen bewirkt fast nichts. Nein, er zielte auf den Fahrer. Der Schuss peitschte auf, ein Zweiter blieb in der Pistole stecken.

Peter stieg wieder ein und Karola schaltete die Sirene ein. Im wilden Galopp ging es von der Kornhausstrasse über die Rampe zur Wasserwerkstrasse hinunter, Richtung Innenstadt. Die Kollegen der zivilen Patrouille preschten unmittelbar vor dem Streifenwagen her, mit einem zivilen Auto, ohne Warnsignale, eine heisse Sache.

Die wilde Jagd ging am Milchbuck-Tunnel vorbei und im vollen Tempo auf eine stehende Doppelkolonne los. „Scheisse, das wird krachen", rief Peter. Karola konzentrierte sich voll auf die Fahrt, kein Wort kam aus ihrem Mund.

Irgendwie schaffte es der Flüchtende, durch die Gasse zwischen den Kolonnen hindurch zu fahren. Wie viele Rückspiegel dabei davonflogen konnte Keiner sagen. Der Flüchtende bog zu vorderst an der Kreuzung links ab und donnerte hinter dem Hotel Marriott die Steigung hinauf. Oben mussten wieder Menschen flüchten, vor dem heran rasenden Auto. Eine Frau riss ihren Kinderwagen im letzten Moment aus der Bahn des Autos, ein Motorradfahrer versuchte weiter unten, sich aufs Trottoir zu retten und stürzte dabei.

Die Kollegen im zivilen Auto behielten die Nerven und blieben immer zwischen dem Streifenwagen und dem flüchtenden Auto. Der Beifahrer gab dabei laufend den Standort und die Fahrtrichtung des Autos durch, damit andere Einsatzkräfte die Chance hatten, eine Sperre auf zu bauen.

Der flüchtende Autofahrer bog schliesslich bei der Walchebrücke in die Wasserwerkstrasse ein und rast in Richtung Central. Die schlimmste Situation schien sich zu bewahrheiten. Dort müssten zu dieser Zeit mehrere tausend Menschen unterwegs sein, nicht ahnend, welche Gefahr auf sie zugerast kommt.

Weitere Streifenwagen eilten in die Nähe und versuchten zu erraten, welchen Weg der Flüchtende wohl nehmen würde. Und sie hatten Erfolg. Kurz vor dem Central stellten zwei Polizisten ihren Streifenwagen quer und versperrten dem Flüchtenden den Weg. Der versuchte, sich den Weg frei zu rammen, das ging aber schief und die Handschellen klickten.

Peter ging zum blauen Auto. „Verdammt, ich habe die Kiste doch getroffen, warum fuhr der einfach weiter?" sinnierte er. Beim Auto fand er die Lösung: Die Kugel hatte knapp oberhalb des linken Hinterrades das Auto getroffen und war, statt das Blech zu durchschlagen und den Lenker zu treffen, im Kotflügel nach unten abgelenkt worden und so harmlos unten herausgefallen.

Alles in Allem war der Einsatz glimpflich und erfolgreich ausgegangen. Die diversen Blechschäden unterwegs mochten für die Fahrzeugbesitzer zwar ärgerlich gewesen sein aber es war niemand verletzt worden.

Pirmin und die Fitness

Pirmin streckte sich geräuschvoll und mit so viel Kraft, dass der Beifahrersitz des Streifenwagens verdächtig krachte.

„He, lass die Kiste ganz, wir brauchen sie noch", sagte Peter und grinste seinen Partner an.

„Ich kann ja nichts dafür, wenn man heutzutage keine stabilen Autos mehr baut", gab Pirmin zurück.

Sie fuhren gerade im oberen, etwas vornehmeren Teil von Zürich, im Stadtkreis 6, durch ein Wohnquartier.

„Wagen 6 von Zentrale, es sind gerade zwei Männer beobachtet worden, wie sie versucht haben, ein Fenster aufzubrechen. Die Männer sind talwärts weggegangen." Die Zentrale nannte noch die genaue Adresse, wo die Männer tätig gewesen waren.

Peter lenkte den Wagen in die Richtung, in welche die verdächtigen Personen weggegangen sein könnten.

Sie waren, wie es der Zufall so wollte, ganz in der Nähe des Orts gewesen und Peter fuhr zur Sicherheit mal beim Haus vorbei, vielleicht waren sie noch in der Nähe.

Ein Mann winkte am Strassenrand und als die Polizisten bei ihm gehalten hatten, sagte er durch das heruntergelassene Beifahrerfenster, die beiden Männer seien erst vor ein paar Minuten diese Strasse hinunter gegangen. Dabei deutete er in die Richtung, in der die Männer gegangen waren. Er konnte die beiden sogar noch ein bisschen beschreiben.

„Na, wollen wir sehen, ob wir die noch irgendwo sehen," sagte Pirmin zu diesem Mann, dem man die Aufregung deutlich ansah, "vielen Dank für Ihre Mithilfe".

Peter fuhr in die angegebene Richtung und war sich dann bei der nächsten Kreuzung unschlüssig, ob er geradeaus oder rechts fahre sollte.

Plötzlich sah er in der Querstrasse rechts zwei Gestalten, die sich von ihnen wegbewegten. „He, Pirmin, sieh mal, die könnten es sein", sagte er und deutete in die Richtung.

„Meinst Du?" die Skepsis war Pirmin deutlich anzuhören, aber Peter gab bereits Gas und fuhr in die Richtung, wo die beiden in eine andere Querstrasse verschwunden waren.

Als er dort ankam, sah er die beiden 20 Meter entfernt, talwärts gehen.

Er beschleunigte erneut, um zu diesen beiden zu fahren, doch die blieben nicht untätig. Kurz umgeschaut, die Polizei erkannt und schon rannten sie.

„Raus! Hinterher", rief Peter und preschte mit dem Streifenwagen um die Ecke, wo die beiden verschwunden waren.

Pirmin stieg aus und rannte den beiden hinterher. Peter stieg auch aus und da er den Streifenwagen nicht unverschlossen stehen lassen konnte, verlor er ein paar Sekunden auf Pirmin. Er sah die beiden Flüchtenden, wie sie nach rechts, wieder bergwärts, rannten, Pirmin im Schlepptau.

„Stehen bleiben, Polizei!" Peter konnte sich ein Grinsen nicht verkneifen, als Pirmin hinter den beiden her brüllte.

Er selber rannte ums Haus herum um zu verhindern, dass die beiden Knilche durch den Hof in den Rücken der Polizisten gelangen konnten. Dieser Trick wurde gerne probiert, da man dann in eine völlig andere Richtung flüchten konnte, ohne dass die Verfolger dies bemerkten.

Die beiden Flüchtenden rannten aber die Strasse hoch und Peter rannte nun auch hinter ihnen her. Peter hatte in den letzten Monaten gut gegessen und wenig Sport getrieben, so dass er einen «kleinen» Vorrat um die Hüften angelegt hatte. Gleichzeitig zum Rennen versuchte er, über sein Keuchen hinweg ins Funkgerät zu sprechen. Je mehr Kollegen wussten, wo sie waren und in welche Richtung sie rannten, desto grösser wurde die Chance, die Täter zu fassen. In diesen verwinkelten Höfen mit den vielen Hecken, Mauern und Absätzen dran zu bleiben, das wusste Peter, war illusorisch.

Unverdrossen rannte er weiter, überkletterte eine Trennmauer zwischen zwei Höfen und eine Grünhecke. „Verdammt noch mal, für diesen Scheiss bin ich langsam zu alt", fluchte er vor sich hin, sagte sich aber gleichzeitig, dass genau diese Aktionen das waren, was ihn an seinem Job immer gereizt hatte.

Eine ältere Frau wies ihm den Weg in einen weiteren Hinterhof. Die Einbrecher hatte er schon längst aus den Augen verloren. Die Jungs waren vermutlich 20 Jahre jünger und trugen weniger Gewicht in Form von Ausrüstung und, Peter wusste es selber, Wohlstandsbauch mit sich herum.

Wieder hörte er links vor sich Pirmin brüllen. Was er schrie, war nicht mehr zu verstehen, der Beste rauchte ein bisschen zu viel und daher war seine Kondition auch nicht sonderlich.

Peter gab es wieder einen Hinweis, in welcher Richtung er sich zu halten hatte. Gleichzeitig tauchte vor ihm einer der Flüchtenden aus einem Hof auf, rannte auf der Strasse weiter und, als er merkte, dass er einem Polizisten fast vor die Füsse gerannt war, wieder in einen Hof.

Immer wieder sprach Peter ins Funkgerät, fragte sich dabei, ob bei seiner Keucherei überhaupt was zu verstehen wäre.

Wieder tauchte einer der Täter in seinem Blickfeld auf und dicht dahinter ein Polizist. Seine Funkerei hatte also Erfolg gehabt, die Kollegen beteiligten sich an der munteren Jagd. Als er um die nächste Ecke bog, war dieser Teil der Jagd vorbei. Der Kollege hatte den Flüchtenden zu Boden gerissen und war im Begriff, ihm die Handschellen anzulegen.

Gleichzeitig kam Pirmin um die Ecke getrottet. Hochroter Kopf, keuchend und fluchend.

Als er sah, dass der Flüchtende gefasst war, konnte man ihm die Erleichterung direkt ansehen.

Peter war sich bewusst, dass er kaum besser aussah. Er keuchte auch und sein Kopf würde wohl kaum weniger rot sein. Aber sie hatten es geschafft. Nun konnte er sich auf die Neckereien seiner Kollegen bezüglich Wohlstandsbauch und alte Knochen einstellen und er grinste.

Der entführte Bus

Die Busse der Zürcher Verkehrsbetriebe sind für den Linienverkehr gemacht, halten an genau definierten Orten und fahren ebenso genau festgelegte Wegstrecken. So dachte Peter auch, bis er es einmal anders erlebte.

Es war ein heisser Nachmittag, David und Peter fuhren in ihrem Streifenrevier herum, ohne dass sich das Funkgerät geregt hätte oder etwas Auffälliges auf der Strasse zu beobachten gewesen wäre. Mühsam kroch die Zeit dahin, irgendwie wollte es an diesem Tag einfach nicht vorwärts gehen. Der Schweiss lief ihnen in Strömen über das Gesicht und den Rücken hinunter. Ihr Streifenwagen war ein älteres Modell und hatte keine Klimaanlage. So hatten sie beide die Seitenfenster herunter gekurbelt um es etwas kühler zu haben. Im stockenden Verkehr einer Stadt mit viel Haltezeiten vor den Lichtsignalen ein eher utopisches Vorhaben.

„Das wird mir wieder ein toller Nachmittag", sagte Peter zu David. Der nickte nur, während er den Streifenwagen aus dem "Milieu", wie das Gebiet rund um die Langstrasse in Zürich genannt wird, hinaus in Richtung Altstetten lenkte.

„Ich glaube, wir fahren mal etwas aus dem Chaos, da gibt's frischere Luft als hier."

Tatsächlich war die Luft zum Schneiden, mindestens 30 Grad, wenn man dem Thermometer des doch schon etwas betagten Volvos glauben konnte.

An der Hohlstrasse merkte man bereits den Luftzug, der von nichts gehindert über die Bahngeleise in die Stadt hineinblies. Die Fenster am Wagen waren unten, die Ellenbogen draussen.

„Fehlt nur noch der Fuchsschwanz an der Antenne", frotzelte David und spielte damit auf das Klischee eines Manta Fahrers an.

„Fehlt ja noch", brummte Peter und griff nach dem Mikro des Funkgeräts, um auf den Ruf der Zentrale zu reagieren, der gerade einging.

„Fahrt sofort an die Hohlstrasse, beim Bermudadreieck schiesst angeblich ein Mann mit einer Kalaschnikow in der Gegend herum", brabbelte es aus dem Lautsprecher vom Zerhacker fast unkenntlich gemacht.

„Sagte er Kalaschnikow?" fragte David etwas ungläubig.

„Scheint so", meinte Peter und löste die Sicherheitsgurte, während David den Streifenwagen an den Strassenrand lenkte.

David stieg aus und begann, die schwere Schutzweste, die zusammen mit einem Stahlhelm im Fahrzeug für solche Fälle vorhanden war, anzuziehen. Peter folgte seinem Beispiel, nachdem er den Funkspruch bestätigt hatte.

„Ich hasse es, bei dieser Temperatur die Weste anziehen zu müssen," murrte Peter dabei. Anschliessend griff er sich den Stahlhelm und die Maschinenpistole aus dem Waffenschrank des Fahrzeugs, den David bereits geöffnet hatte.

Das Einsteigen gestaltete sich mit der unförmigen, schusssicheren Weste eher mühsam. Ausserdem bestanden die damaligen Westen zum grössten Teil aus Panzerplatten, die in die Weste eingearbeitet waren und wog an die 15 Kilo. Aber schliesslich hatten sie sich in den Wagen gequetscht und David fuhr los.

„Was meinst Du, schleichen wir uns an", fragte David und schaltete Blaulicht und Wechselklanghorn ein.

„Na klar, wenn Du so einen Radau machst." Peter musste fast schreien, um das Tüta zu übertönen. „Fahr doch beim Helvetiaplatz hin, dann können wir uns anpirschen."

David nickte und schaltete das Cis-Gis-Horn wieder ab. Nun wurde die Fahrerei sehr mühsam. Obwohl der Auftrag drängte, konnten wir nicht mit lautem Krach an den Ort fahren. Einer, der mit einem automatischen Sturmgewehr herumschiesst, würde wohl kaum auf die herannahende Polizei warten. Und wenn er dann doch warten würde, wäre der Empfang für die Polizisten eher ungemütlich.

David drängelte sich durch die Stauffacherstrasse und bog links ab, um den Wagen vor einer Bank auf dem Helvetiaplatz abzustellen.

Peter hatte sich schon das Handfunkgerät geschnappt, meldete sie bei der Zentrale "am Ort" und dann rannten sie, so schnell es die schwere Weste zuliess, in Richtung Hohlstrasse.

Die MP im Schulteranschlag schlichen sie sich, so schnell es ging, über den offenen Helvetiaplatz um dann bei den Häusern, Blumenbeeten und Containern Sichtschutz und so ein Mindestmass Deckung zu suchen.

Peter hatte die rechte Strassenseite gewählt, und ging der Häuserfront des kurzen Stücks der Molkenstrasse entlang, welches dann ungefähr beim angegebenen Ort in die Hohlstasse einmündet. Dabei suchte er die vor ihm liegende Strasse nach einer Person mit einem Gewehr ab, wobei er sich, immer noch über den Lauf der MP sehend, nach links und rechts drehte.

Schiesslich langte er an der Molkenstrasse an und stellte fest, ausser normalen Passanten, die ihn natürlich ziemlich komisch ansahen, nichts verdächtiges feststellbar. Er suchte Blickkontakt zu David, der etwas weiter in Richtung Langstrasse ebenfalls an der Hohlstrasse stand. Dessen Handzeichen sagte ihm, dass auch er nichts entdeckt hatte.

Peter liess die MP sinken und begann, das Trottoir nach irgendwelchen Hinweisen abzusuchen, denn allzu oft, wurde die Polizei von irgendwelchen Spassvögeln genarrt.

David gesellte sich wieder zu ihm und liess ebenfalls seine Augen schweifen.

Sie wussten beide nicht, was sie zu finden hofften, aber oft kamen die Personen, welche die Meldung gemacht hatten zu den Polizisten, um ihr Wissen noch einmal mitzuteilen.

Aber niemand meldete sich aus der Menge der Passanten und Peter wollte schon aufgeben, als sein Blick auf eine Art Röhrchen fiel, welches im Rinnstein lag.

Es sah aus wie ein Stück eines Filzstifts, wirkte aber metallisch, so dass er es vom Boden aufhob und näher begutachtete.

Eine Patronenhülse!

Peter rief David zu sich, und sie begutachteten diese Hülse, die von der Grösse her eindeutig von einem Gewehr stammen musste. Dass sie noch so schön aussah, liess darauf schliessen, dass sie nicht lange dort gelegen haben konnte.

Sie hatten den Hinweis gefunden, es schien an der Meldung tatsächlich etwas dran zu sein.

Peter klaubte das Funkgerät aus der Aussentasche der Panzerweste und rief die Zentrale, um die Erkenntnisse mitzuteilen.

"Ich wollte Euch gerade rufen," sagte der Einsatzleiter der Zentrale, als er den Ruf entgegennahm.

"Wir haben erneut eine Meldung bekommen, der Schütze soll sich jetzt an der Langstrasse befinden und in Richtung Militärstrasse gehen. Er trägt offenbar einen langen, grünen Mantel und versteckt sein Gewehr darunter."

David und Peter sahen sich an. Das war ja wirklich toll.

"Verstanden," antwortete er der Zentrale, "wir gehen die Langstrasse runter, vielleicht sehen wir ihn."

David und Peter nahmen wieder getrennte Strassenseiten und gingen die Langstrasse entlang, immer nach einem Mann in langem, grünem Mantel Ausschau haltend.

Bei dieser Hitze musste ja ein Mantelträger auffallen wie ein bunter Hund.

Bei diesem Gedanken wurde Peter wieder bewusst, wie sehr er unter der wärmenden Wirkung der mehr als 15 Kilogramm schweren Panzerweste im eigenen Saft schmorte.

Als sie nach einigen Minuten wieder ein Ruf der Zentrale erhalten hatten, der Gesuchte sei beim Hotel "Rothaus" gesehen worden. So konnten sie ungefähr abschätzen, dass er fast 500 Meter Vorsprung hatte. Der Melder hatte also bisher Kontakt zum Verdächtigen gehalten und das machte die Sache aussichtsreicher.

Rennen war mit dieser Ausrüstung fast nicht möglich und so gingen sie, so schnell es machbar war, in die genannte Richtung.

Aber wieder fanden sie nichts. Der Gewehrträger musste seinen Standort erneut gewechselt haben.

Die neueste Meldung aus der Zentrale gab als neuen Ort eine Querstrasse an, die wieder an der Langstrasse und wieder rund 500 Meter von ihnen weg lag.

Sie unterquerten also die Bahngeleise, wobei David die Weströhre der Fussgängerunterführung nahm, Peter die Oströhre.

Schliesslich erreichten sie die neue Örtlichkeit, natürlich wieder nichts.

Peters Rückfrage bei der Zentrale gab keine neuen Hinweise auf den Aufenthaltsort des Gesuchten. Der Melder schien den Verdächtigen aus den Augen verloren zu haben. So streiften die beiden noch ein paar Minuten in den umliegenden Hinterhöfen herum.

Schliesslich gaben sie die Sache auf. Es waren keine neuen Meldungen eingegangen und es gab keinerlei Hinweis, wo sie weitersuchen sollten.

"Weisst Du was?" fragte Peter, als sie wieder beisammenstanden.

"Nein, aber Du wirst mich sicher gleich schlau machen," gab dieser zurück, während er unter der Panzerweste nach einem Taschentuch fischte und sich dann den Schweiss aus der Stirn wischte, der ihm mittlerweile in Bächen am Gesicht herunterlief.

"Unser Streifenwagen steht am Helvetiaplatz," erwiderte Peter, "und ich glaube, wir haben einen zügigen Fussmarsch vor uns, bis wir wieder da sind."

David schaute ihn an und schüttelte den Kopf.

"Mist, das stimmt und es stinkt mir ganz gewaltig, so weit zu latschen."

Peter schaute sich ein wenig ratlos um, denn die Aussicht, noch einmal mehr als einen Kilometer in den wärmenden und schweren Klamotten zu gehen, fand er auch nicht wirklich erheiternd.

Dabei sah er, wie ein paar Meter vor ihnen der Trolleybus an der Haltestelle "Röntgenstrasse" anhielt.

"Komm mit," sagte er zu David und ging um den Bus herum. Peter stieg vorne beim Fahrer ein und grüsste ihn.

Dieser konnte sich über die sonderbar gekleideten Gestalten ein Grinsen nicht verkneifen und nickte auch David einen Gruss zu, der hinter Peter in den Bus geklettert war.

"Kannst Du uns zum Helvetiaplatz bringen?" fragte Peter den Busfahrer. Der nickte, liess die Tür zufahren und setzte den Bus in Bewegung.

Der Helvetiaplatz lag an seiner Route, daher war die Frage eher rhetorisch gewesen, aber wer beschreibt Peters Erstaunen, als der Busfahrer frisch fröhlich an der nächsten Haltestelle vorbeifuhr. Mehrere Fahrgäste hatten sich erhoben und wollten dort aussteigen und stellten erstaunt fest, dass kein Halt stattfand. Trotzdem reklamierte keiner und schliesslich erst direkt beim Helvetiaplatz, rund 100 m vor der Haltestelle, hielt der Bus wieder an.

Der Busfahrer grinste die beiden Polizisten an und sagte: "Einmal Helvetiaplatz bitte."

Peter grinste zurück und warf noch einen Blick durch den Bus. Als sie an der Haltestelle vorbei gefahren waren, hatte er wirklich damit gerechnet, dass sich irgendwer aufgebracht zu Wort melden würde, weil er "seine" Haltestelle verpasst hatte, aber nichts dergleichen geschah. Die Passagiere reckten lediglich neugierig die Köpfe und vermutlich malten sie sich die wildesten Dinge aus, warum zwei so schwer bewaffnete Polizisten im Bus mitfuhren.

Sie dankten dem Busfahrer und verliessen den Bus. Als sie neben dem Bus warteten, bis der Bus wieder losgefahren war, um die Strasse zu überqueren, winkten sogar einige Fahrgäste aus dem Bus.

Peter grinste David an und dieser meinte: "Jetzt hast Du noch einen Bus entführt, unglaublich."

Sie lachten über das Erlebte, während sie sich wieder zum Streifenwagen begaben und die Ausrüstung in den dafür vorgesehenen Behältnissen verstauten. «Und jetzt brauch ich was zu trinken», meinte David.

Glück und Pech

Manchmal erweist sich Glück zu haben im Nachhinein als Pech gehabt.

Es war eine heisse Sommernacht. Hans und Peter sassen im Streifenwagen. Es war bisher sehr ruhig gewesen und deshalb hatten sie sich neben der Brandwache aufgestellt und beobachteten die Kreuzung. Es kam hier oft vor, dass Autofahrer, die von der Autobahn über die Sihl Hochstrasse in die Stadt fahren wollten, es mit dem Rotlicht nicht so genau nahmen, es schlicht ignorierten. Das war vom Standpunkt der beiden gut zu beobachten und da sie selber dann Grün bekamen, konnten sie einem Fehlbaren problemlos nachfahren.

Die Seitenfenster waren unten und selbst das half nicht viel gegen die drückende Hitze.

Plötzlich schien es Peter, er hätte irgendwo ein Cis-Gis Horn gehört. "Hast Du das auch gehört", fragte er Hans. Der nickte.

"Seltsam, dass am Funk nichts gemeldet wurde", meinte Peter als just in diesem Moment der Anruf an sie kam.

"Verstanden, antworten", quittierte Peter und die Zentrale gab durch: "Eine Patrouille der Kantonspolizei verfolgt ein flüchtiges Fahrzeug. Sie sind über den Rosengarten in die Stadt eingefahren und fahren jetzt in Richtung Wiedikon. Die Kapo bittet um Unterstützung."

"Verstanden, wir haben eine Sirene gehört, sie scheinen also irgendwo in der Nähe zu sein", antwortete Peter und beendete das Gespräch. Hans hatte bereits den Motor gestartet und bog links in die Manessestrasse ab um dann nach der Brandwache wiederum links in Richtung

Bahnhof Wiedikon zu fahren. Nach einigen 100 Metern entdeckte Peter am linken Strassenrand einen Kollegen der Kapo, der in Richtung Bahnhof rannte und wies Hans darauf hin. Sofort fuhr er zu ihm hin und liess ihn einsteigen.

"Er ist da die Sihlfeldstrasse entlang gerannt", brachte der keuchende Kollege heraus. Hans lenkte den Streifenwagen in die gewiesene Richtung und kurz danach winkte eine Frau heftig am Strassenrand.

Wieder angehalten und die Frau sagte: "Wenn Sie den Typen aus dem Audi suchen, er ist hier in den Hof gerannt."

Sofort stiegen sie aus dem Wagen und während Hans sich bei der Frau bedankte, rannte der Kollege der Kapo in den Hof, während Peter auf der anderen Seite um das Haus herumrannte. Als er um die Ecke in die Zweierstrasse gelangte, rannte gerade ein Mann aus der Weststrasse und wollte in seine Richtung abbiegen. Als er Peter ansichtig wurde, wendete er sofort und rannte die Zweierstrasse weiter entlang.

"Halt! Polizei! Stehenbleiben!" Obwohl Peter wusste, dass diese Aufforderung kaum Wirkung zeigen würde, brüllte er die Worte raus. Und natürlich rannte er dem Flüchtenden nach. Langsam kam er dem Mann näher und erneut schrie er: "Halt! Stehen bleiben!"

Unvermittelt rannte der Flüchtende auf die Fahrbahn hinaus und schräg über diese zur anderen Strassenseite. Peter folgte und er war noch ungefähr 10 m hinter ihm, als er unvermittelt die 3 oder 4 Stufen zu einer Haustüre hinaufrannte, die in einer Nische etwa einen Meter Platz vorne dran bot. Peter rannte bis zum Vorgarten und zog seine Waffe! Noch bevor er etwas sagen oder tun konnte, sprang der Mann vom Absatz herunter und griff nach der Waffe. Beide rangen um die Waffe, wobei Peter sehen konnte, dass der Mann mit dem Zeigefinger nach dem Abzug tastete. Peter versuchte den Weg dahin mit dem gestreckten Zeigefinger zu verwehren, das gelang ihm aber nicht. Gleichzeitig drückte er den Magazinauswurfknopf und das Magazin fiel unten aus der Waffe. So würde der Täter nur den in der Kammer verbleibende Patrone abfeuern können und nicht mehr. Aus dem Augenwinkel konnte Peter erkennen, dass die Kollegen mit gezogener Waffe einige Meter entfernt standen und dem Ringen zusahen. Die umkämpfte Waffe zeigte mal hier, mal dahin und es war für alle Beteiligten sehr gefährlich.

Plötzlich löste sich ein Schuss aus der Waffe, pfiff an den Köpfen der beiden Kämpfenden vorbei und schlug in der Hauswand ein.

Nun konnten die beiden Kollegen Peter endlich zu Hilfe kommen, da sie das Herausfallen des Magazins gesehen hatten und wussten, jetzt ist die Waffe leer.

Mit vereinten Kräften konnte der Mann schliesslich in Handschellen gelegt werden.

Während nun alle auf das Eintreffen des Kastenwagens warteten, trafen nach und nach mehrere Einsatzfahrzeuge und ein Offizier der Kantonspolizei ein. Peter informierte über Funk die Zentrale und bat um die Spurensicherung, da immerhin ein Schuss gefallen war und der Offizier der Kapo erklärte, dafür seien sie nicht mehr zuständig.

Da die Kapo die Verhaftung nicht selber durchgeführt hatte und eine Waffe der städtischen Kollegen involviert war, zogen sie sich bald mal zurück, um die notwendigen Rapporte und Berichte zu schreiben. Die ganze Verfolgung musste schriftlich festgehalten und zur Anzeige gebracht werden.

Unterdessen hatte sich die Zentrale gemeldet, und mitgeteilt, dass von der Kripo niemand käme, auch der Pikettoffizier nicht, da es sich lediglich um einen Schuss in eine Rabatte, also ein Gartenbeet, gehandelt habe. Da wolle man nicht so ein grosses "Büro aufmachen".

Als der Kastenwagen dann kam, halfen sie dem Täter hinein und der Transport zur Wache verlief ohne Zwischenfälle.

Dort angekommen telefonierte Peter noch einmal mit der Zentrale und fragte wegen der Spurensicherung nach. Die Auskunft blieb die Gleiche. Kein Einsatz der Kripo wegen so einer Bagatelle.

Ziemlich gefrustet verlangte Peter den Rückruf des Pikettoffiziers und rief dann bei der Kripo an. Dort war man eher ungehalten, dass man ihre "Nachtruhe" wegen des Vorfalls stören wollte. Niemand fühlte sich zuständig und verantwortlich.

In der Zwischenzeit hatte Hans den Anruf des Offiziers entgegengenommen und brachte die Auskunft, dass er sich nicht genötigt sehe, diese Sache weiter zu verfolgen.

Schliesslich resignierten Hans und Peter und verfassten die sofort notwendigen Dokumente: Den Verhaftsrapport, einen Wahrnehmungsbericht, das Effektenverzeichnis und zu guter Letzt den Bericht: "Ich bitte um Ersatz der verschossenen Patrone." Ohne Witz, bei einem Schusswaffeneinsatz musste ein Bericht an den Waffendienst geschrieben werden und um Ersatz für die verschossene Munition gebeten werden.

Unterdessen hatte der Chef der Vormittagsschicht den Nachtdienst abgelöst und wollte informiert werden. Als er hörte, was da gelaufen war, geriet er ein wenig in Rage, gelinde gesagt.

"Überlasst das mir, ich regle das," sagte er. "Und nun geht heim, ihr habt lange genug gearbeitet.

Peter fuhr nach Hause und haderte immer noch mit der Tatsache, dass dieser Vorfall keine Ermittlungen nach sich gezogen hatte. Trotzdem konnte er dann schnell schlafen, der 12-stündige Nachtdienst forderte Tribut.

Dumpfes Poltern riss Peter gefühlt Minuten später wieder aus den Kissen. Als er realisierte, dass jemand an die Wohnungstüre polterte stand er auf und ging nachsehen.

Draussen standen zwei Kollegen des Frühdienstes.

"Peter, Du musst sofort zum Untersuchungsrichter. Er braucht Dich zur Zeugeneinvernahme", sagte der eine Kollege, Stefan mit Namen. Peter war noch schlaftrunken und entsprechend verwirrt. "Was ist denn los?"

"Der Untersuchungsrichter hat den Vorfall von letzter Nacht aufgenommen und will eine Strafuntersuchung führen, " erklärte Stefan, "deshalb braucht er Deine Aussage."

Peter machte sich also auf den Weg. Die nun geschilderten Ereignisse kamen ihm erst später zu Ohren.

Nachdem Hans und Peter Feierabend gemacht hatte, rief der Piket-Untersuchungsrichter routinemässig wie jeden Morgen in der Notrufzentrale an und wollte wissen, ob sich in der Nacht Vorfälle ereignet hätten, die ihn interessieren könnten. Der Kollege in der Zentrale entnahm dem Journal, in dem alle Einsätze und Vorgänge mit Zeitstempel erfasst sind, dass der Einsatz einer Schusswaffe im Zusammenhang mit einer Verhaftung gemeldet worden sei. Er gab dem BA, wie die Pikett-Untersuchungsrichter damals genannt wurden, bekannt, welche Einsatzkräfte involviert gewesen waren.

So rief der Untersuchungsrichter als nächstes bei der Kripo an, und erkundigte sich nach diesem Vorfall. Da die Kripo nicht aktiv geworden war, wusste der dortige Chef nichts und daher rief der BA in der Dienststelle an, wo er mit dem immer noch leicht gereizten Chef der Vormittagsschicht genau den richtigen am Telefon hatte. Er erzählte dem BA, was nach seinem Kenntnisstand passiert war, welche Massnahmen getroffen worden waren und natürlich auch von der Weigerung der Kripo, sich der Sache anzunehmen.

Der BA liess sich alle bereits erstellten Akten ins Büro liefern und nahm umgehend die Untersuchung anhand. Alle Beteiligten wurden schnellstens aufgeboten und zu den Ereignissen befragt, was dazu geführt hatte, dass eine Patrouille bei Peter vor der Türe aufgetaucht war.

Im Verlauf des Ermittlungsverfahrens zeigte sich, dass sich der Täter nicht nur des Fahrzeugdiebstahls schuldig gemacht hatte, sondern dass er vom BA auch wegen versuchter Tötung angeklagt wurde. Die Spurensicherung an der Waffe, den Händen des Täters und bei Peter hatten ergeben, dass der Schuss vom Täter ausgelöst worden war, indem er oben über die Waffe gefasst hatte und so den Abzug erreichen konnte. Dies hatte an seiner Hand eine kleine Verletzung hinterlassen, da beim zurückschnellen des Schlittens die Hand eingeklemmt worden war.

Soweit hätte man meinen können, die Sache hätte ein gutes Ende genommen und somit zum Ende kommen. Nichts da!

Der Pikettoffizier, der Chef des Nachtdienstes der Kripo und der Einsatzleiter der Zentrale hatten vom BA je einen geharnischten Anruf bekommen. Das führte dazu, dass Hans und Peter bei den genannten zur Aussprache erscheinen mussten. Statt einzugestehen, dass sie die Lage falsch eingeschätzt und so ein sofortiges Handeln unterbunden hatten, erklärten sie Hans und Peter, vor allem Peter, der als Dienstälterer die Verantwortung trug, dass sie schlecht gearbeitet hätten. Sie hätten den Kontaktpersonen zu wenig Informationen gegeben, so dass die den Fall nicht hätten einschätzen können und somit läge die Schuld nicht bei ihnen, sondern bei Hans und natürlich Peter.

Das Resultat wurde erst in den folgenden Jahren bekannt. Da sich vor allem der Pikettoffizier zu Unrecht angegriffen fühlte, nützte er seinen Einfluss und Peter wurden ab da praktisch alle Möglichkeiten zum Weiterkommen genommen. Nur durch diesen Einsatz war die Karriere zu Ende. Wenn man einmal in Ungnade gefallen war, wurde man diesen Makel nie wieder los.

Damengeburtstag

"Limmat 5 von Zentrale, antworten!" Peter griff nach dem Mikrofon und bestätigte den Anruf.

"Fahrt an die XXX-Strasse Nummer 11, ein Hausbewohner meldet übermässigen Lärm aus dem Restaurant im Parterre." Auch dies quittierte Peter, während Daniela den Wagen wendete und in Richtung der angegebenen Adresse lenkte.

"Ich verstehe nicht, wie man sich eine Wohnung über einem Restaurant mieten kann und sich dann über den Lärm aufregt", sagte er, "schliesslich kann ein Restaurant nicht mucksmäuschenstill betrieben werden." Daniela nickte: "Das verstehe ich auch nicht, und dass ein Restaurant nicht um 10 Uhr schliesst, sollte auch bekannt sein."

Wenigstens fanden sie in der engen Quartierstrasse im Zürcher Stadtkreis 5 eine Parklücke, was auch nicht immer einfach war, wenn Einsätze nicht dringlich waren und man den Wagen einfach stehen lassen konnte.

"Ich hole mal den Wirt heraus", sagte Peter, "ah, da kommt er schon." Tatsächlich hatte der Wirt die beiden Polizisten gesehen und war vor den Eingang getreten. Peter schilderte dem Wirt die eingegangene Meldung bezüglich des übermässigen Lärms aus dem Lokal, musste aber selber auch feststellen, dass es sich absolut im Rahmen des normalen Restaurantbetriebs bewegt. Daher bestand für die Polizisten kein Handlungsbedarf. Als er gerade dabei war, den ebenfalls dazu gekommenen Anzeigeerstatter zu informieren, kamen zwei in Abendkleider gehüllte junge Frauen aus dem Lokal und mischten sich ins Gespräch ein. Eigentlich war das nicht unbedingt erfreulich, wenn sich Dritte einmischen aber das Anliegen der beiden war

34

dermassen aussergewöhnlich, dass er nochmal nachfragen musste, was sie denn von ihm wollten.

"Unsere Freundin feiert Geburtstag", sagte die eine der beiden Ladies und man merkte ihr die Nervosität an. "Sie steht wahnsinnig auf Uniformen und wir wollten Sie fragen, ob Sie nicht den Geburtstagskuchen an den Tisch bringen würden, das wäre ein totales Highlight für sie." Ihr Kopf war dabei ziemlich rot angelaufen. Es war ja nicht gerade ein alltägliches Anliegen, das sie an die Polizei herantrug.

Daniela stand etwas daneben und grinste so breit, dass man kaum mehr neben ihr auf dem Trottoir durchgekommen wäre.

Peter konnte sich ein Grinsen auch nicht verkneifen. "Und wann sollte das denn stattfinden", fragte er.

Der Wirt, der immer noch danebenstand, erklärte, dass in der Küche die Torte in diesem Moment servierbereit gemacht würde. Nur noch die Kerzen müssten angezündet werden.

"Okay, was machen wir nicht alles für die Bürgernähe," sagte Peter und zwinkerte Daniela zu, die sich kaum noch halten konnte, nicht laut rauszulachen. Sie kannte ihren Partner nun schon lange genug um zu wissen, dass er für humorvolle Aktionen immer zu haben war.

Die beiden Damen kicherten nun auch los, vermutlich aus Vorfreude auf die Reaktion ihrer Freundin.

Sie gingen also in die Restaurantküche und die Torte wurde präpariert. Peter nahm die Torte und folgte den Beiden in den Saal, in dem das Fest am Laufen war. Als er, jetzt flankiert von den beiden Schönheiten, bei der Türe stand und abzuschätzen versuchte, welche der anwesenden Damen denn nun das Geburtstagskind sein könnte, wurde es totenstill im Saal.

Durch seine beiden Begleiterinnen gelotst, ging Peter zum Tisch und stellte die Torte vor der staunenden Jubilarin ab.

Peter wollte sich wieder zurückziehen aber das Geburtstagskind stand auf, griff nach seiner Krawatte und wollte ihn zu sich heranziehen. Peter realisierte erst jetzt, dass sie offenbar seinen Auftritt irgendwie falsch verstanden hatte und glaubte, sie könne ihm an die Wäsche.

"Entschuldigung, Fräulein, ich bin echt", sagte Peter grinsend und fasste ihre Hand. "Ich bringe nur den Kuchen, ich bin nicht Teil der Party."

Nun wurde ihr Kopf tiefrot und zog die Hand schnell zurück. Sie brachte kein Wort heraus aber der Kopf sah aus, als ob er nächstens Platzen würde.

Beim Hinausgehen applaudierten die Gäste der Party und johlten.

Daniela hatte bei der Türe gewartet und lachte nun laut los.

"Die hast Du aber kräftig verwirrt," meinte sie und lachte immer noch, als sie zurück zum Streifenwagen gingen.

"Na, da wird sie ihren Kindern mal etwas zum Erzählen haben," sagte Peter, während sie wieder einstiegen.

Kopfwehpulver

Eines der düsteren Kapitel war sicher die Zeit des Platzspitzes. Peter war als Frischling für eine gewisse Zeit in die Drogenfahndung abgestellt worden. Wegen der vielen Menschen im Park war diese Abteilung chronisch unterbesetzt. Diesem Mangel versuchte man mit zugeteilten zusätzlichen Polizisten entgegen zu treten. Den grössten Teil der Zeit verbrachten die Polizisten beim sogenannten Pavillon. Dort stellten sie einen uralten Opel Blitz auf, den Visiwagen. Dieses Fahrzeug sollte dazu dienen, zum einen Leibesvisitationen durchzuführen, daher Visi, zum anderen war ein Teil des Laderaums abgetrennt und diente als Einvernahmebüro.

Praktisch alle, der damals gängigen Drogen, wurden mehr oder weniger offen im Park verkauft. Im Gewimmel der Menschen war es für die Polizisten unmöglich, alles im Auge zu behalten. In Spitzenzeiten waren täglich bis zu 8000 Personen im Park unterwegs. Die meisten kamen aus halb Europa, da diese offene Drogenszene weltweit unter dem Namen "Needlepark" bekannt geworden war und die Sogwirkung immens war.

Im Platzspitz selber waren fast ausschliesslich kleine Dealer unterwegs, die eine oder zwei Portionen verkauften, dann wieder Nachschub holten und wiederverkauften. Die grösseren Dealer waren hier nicht anzutreffen. So blieben die paar wenigen, die den Polizisten in die Hände fielen, eben diese Kleindealer.

Peter hatte gerade einen dieser Kleindealer beim Verkauf beobachtet und ging zu ihm hin.

Die Leute da kannten das Prozedere und daher gab es bei der Leibesvisitation des Mannes im Visiwagen keine

37

Umstände. Aus der Hosentasche kamen 5 kleine Briefchen zum Vorschein, die bei näherer Begutachtung ein braunes Pulver enthielten. Der typische Geruch von Heroin fehlte aber und die Briefchen waren so ordentlich gefaltet, dass es eher nach maschineller Verpackung aussah.

"Was ist da drin", fragte Peter.

"Kopfwehpulver, habe ich in der Apotheke gekauft", gab der Dealer zur Antwort.

"Ah ja? Gibt's da eine Quittung dafür?"

Der Delinquent wühlte in seinen Sachen, die auf dem Tisch lagen und förderte einen speckigen Zettel hervor, den er mühsam auseinanderfaltete. Tatsächlich die Kaufquittung für das Kopfwehpulver.

"Und das hast Du den Anderen als Heroin verkauft," fragte Peter.

"Ja, das hat Keiner gemerkt," gab der Mann zur Antwort.

Das war durchaus möglich, denn der körperliche und geistige Zustand der Konsumenten war meistens mehr als schlecht und es kam immer wieder vor, dass irgendwelcher Müll als Stoff verkauft wurde.

"Nun gut," sagte Peter, "halten wir das schriftlich fest. Das Pulver muss ich aber trotzdem konfiszieren."

Gesagt getan, die als "Hackbrett" bezeichnete, alte, mechanische Schreibmaschine kam zum Einsatz.

Fein säuberlich tippte Peter die Einvernahme über den Vorgang, liess dann sein Gegenüber das geschriebene lesen und unterschreiben.

"Warum hat es eigentlich eine Einvernahme gegeben," fragte schliesslich der Drogenhändler. "Ich habe ja schliesslich keine Drogen verkauft."

"Nein, das nicht," erwiderte Peter, "ich rapportiere auch nicht wegen Drogenhandel, sondern wegen Betrug beim Drogenhandel."

Dem Gegenüber klappte die Kinnlade herunter.

"Ja was denkst Du denn," fügte Peter an. "Du hast den Leuten etwas verkauft, von dem sie glaubten es wären Drogen. Du hast sie also betrogen und das ist auch strafbar."

Ziemlich konsterniert verliess der Delinquent den Visiwagen wieder, als Peter ihn mit einem Gruss entliess. Er trottete von dannen. Für sein Kopfwehpulver hatte er insgesamt 8 Franken bezahlt, und dann die einzelnen Beutelchen für 50 weiterverkauft. An sich ein gutes Geschäftsmodell, nur die Konsequenzen hätte er vielleicht auch ins Kalkül ziehen sollen.

Der Horst

Oft kamen die Polizisten auch verdeckt in den Platz-spitz. Dann ging es ihnen vor allem darum, die Kleindealer zu ihren Lieferanten zu verfolgen.

Dann bezog einer der Gruppenleiter einen Beobach-tungsposten, einen sogenannten Horst. Davon waren zwei ständig in Gebrauch. Einer vom Dach des Parkhauses Sihl-quai und der andere im Dachgeschoss des Landesmuse-ums. Das kann hier deshalb erwähnt werden, weil beide nicht mehr in Betrieb sind. Der Platzspitz wurde schon vor vielen Jahren geschlossen und es gab keine Verwendung mehr für diese Beobachtungsposten.

Peter hatte heute den Job gefasst, verdeckt, also uner-kannt, die Beobachtung eines allfälligen Dealers zu über-nehmen, bis sich dieser mit seinem Lieferanten treffen würde. Die Schwierigkeit einer solchen Überwachung ist die Gegenobservation. Die Dealer rechnen damit, dass sich die Polizei in der Gegend aufhält und um das zu erkennen, betreiben sie eine Gegenobservation, bei der sie ihrerseits Beobachter einsetzen, die auf mögliche polizeiliche Be-obachter achten. Es galt also, auf keinen Fall irgendwie auf-zufallen.

Peter trieb sich also in seinem Einsatzgebiet herum, im-mer darauf bedacht, mit dem Umfeld zu verschmelzen. Wie das genau gemacht wird, lassen wir mal aussen vor, aus verständlichen Gründen. Jedenfalls läuft es nicht so ab, wie es in vielen TV-Krimis gezeigt wird. Weder sitzt man in einem Auto, späht um Ecke, verteilt Flugblätter oder ähnliches. Denn sobald man von den Zielpersonen wahr-genommen worden war, beispielsweise als Flugblattvertei-ler, hätte man später an einer anderen Örtlichkeit nicht mehr eingesetzt werden können, man wäre verbrannt, wie es auch genannt wird.

Immer wieder wurden verdächtige Personen vom Horst gemeldet, die sich aber nicht in seine Richtung bewegten und er daher weiter warten musste.

Schliesslich kam einer der Kleindealer in seine Richtung. Peter hatte während der Wartezeit auf Personen geachtet, die sich scheinbar planlos in seinem Einsatzgebiet aufhielten und so entweder Lieferanten oder eben Gegenobservanten sein könnten.

Auch hatte er auf das Treiben hier in Bahnhofsnähe geachtet und sich eine Taktik zurechtgelegt, wie er unauffällig bleiben konnte. So hielt er sich beispielsweise in der Nähe einer Gruppe auf, die sich äusserlich ähnlich zeigte, wie er.

Über Funk, den er über den Ohrstecker mithören konnte, wurde ihm die mögliche Zielperson signalisiert. Das heisst, der Beobachter im Horst meldete, was er von dieser Person sehen konnte. In welche Richtung sie ging, wie sie gekleidet war, ob sie alleine oder in einer Gruppe unterwegs war. Also alle die Informationen, die er brauchte, um die Person zu erkennen.

Schon bald hatte er die Zielperson erkannt und meldete nun seinerseits, was er beobachten konnte. Die Zielperson kam alleine über den Mattensteg vom Platzspitz her und bewegte sich in Richtung Josefstrasse. Peter wusste, dass sich noch weitere Kollegen in der Nähe aufhielten und der Zielperson folgten, daher bewegte er sich durch eine Parallelstrasse in gleicher Richtung und nur bei den Kreuzungen blieb er kurz stehen, um wieder Sichtkontakt aufzunehmen. Die Zielperson ging insgesamt drei Mal um den gleichen Häuserkomplex, offenbar wollte er sicher gehen, dass ihm niemand folgte. Schliesslich trat er in eine Hofeinfahrt. Peter, der sich grossmehrheitlich ausser Sichtweite aufgehalten hatte, ging nun an dieser Hofeinfahrt vorbei, wobei er die Zielperson zusammen mit zwei anderen Männern dort stehen sah. Peter merkte sich, was er in diesem kurzen Augenblick von den beiden anderen Personen erhaschte und meldete dies sofort an die Kollegen weiter.

Der Einsatzleiter erkannte die Gelegenheit, den beiden Unbekannten "anzuhängen" wie es im Jargon hiess und zog die anderen Kollegen etwas zurück. Peter setzte sich auf die Treppe eines Hauseingangs, gerade so weit weg, dass er die Hofeinfahrt beobachten konnte und doch weit genug, dass er dort nicht als Beobachter wahrgenommen werden würde.

Umständlich packte er Utensilien zum Drehen einer Zigarette aus und noch viel umständlicher begann er, sich eine Zigarette zu drehen. Damit wollte er erreichen, dass eine vermutlich vorhandene Gegenobservation ihn nicht als Bedrohung wahrnahm. Gleichzeitig beobachtete er die Menschen, die vorbei gingen und dabei fiel ihm eine Frau mit Kinderwagen auf, die er schon vorher, auf dem Weg durch die Seitenstrassen, gesehen hatte. Da diese auf seiner Strassenseite entlangkam, zitterte er mit den Händen, um den Eindruck zu erwecken, das sei der Grund, warum er die Zigarette nicht so schnell drehen könnte. Die Frau ging an ihm vorbei, sie schien ihn nicht zu beachten. Trotzdem war Peter sicher, dass genau diese Frau aufpasste, wer in der Umgebung war. Als sie weit genug von ihm weg war, meldete er seine Beobachtung an die Kollegen weiter.

Selbstverständlich war auch das Mikrofon des Funkgeräts versteckt angebracht, so konnte niemand erkennen, dass er Meldungen absetzte.

Die ursprüngliche Zielperson kam wieder aus der Hofeinfahrt und bewegte sich zielstrebig in Richtung Platzspitz. Offenbar hatte er neue Ware bekommen und ging jetzt wieder zum Verkaufen.

Die Polizisten liessen ihn ziehen, denn der kleine Fisch war diesmal nicht Ziel der Aktion.

Peters Geduld wurde auf die Folter gespannt. In der Hofeinfahrt regte sich nichts. Da er wusste, dass der Gebäudekomplex von allen Seiten überwacht wurde, machte er sich keine Sorgen, dass die beiden neuen Zielpersonen einen anderen Weg gefunden hatten, den Hof zu verlassen.

Da die Tarnung mit der Zigarette nicht mehr funktionieren würde, suchte er sich einen Hauseingang, bei dem aussen keine Briefkasten angebracht waren. Hier gab es sehr oft den sogenannten "Briefträgerknopf". Dieser war ins Klingelbrett integriert und betätigte den elektrischen Türöffner direkt. So konnte der Briefträger ins Treppenhaus gelangen, um die Post auszuliefern.

Wer nun aber glaubt, das ausnützen zu können, dem sei gesagt, dass der Knopf erstens nicht einfach zu erkennen ist und zweitens die Funktion zeitlich eingeschränkt wird, damit Unbefugte nicht so leicht ins Haus gelangen können. Ausserdem sind im Verlauf der Jahre diese Knöpfe verschwunden, weil die Briefkastenanlagen aussen angebracht werden müssen, damit eben dieser Knopf entfallen kann.

Der langen Rede kurzer Sinn, der Summer ertönte und Peter betrat das Treppenhaus. Von hier aus konnte er die

Hofeinfahrt im Auge behalten, ohne direkt selber sichtbar zu sein.

Nach einigen Minuten entdeckte er auf der gegenüberliegenden Strassenseite besagte Frau mit Kinderwagen wieder, die wieder zurückkam. Innerlich beglückwünschte er sich zu seiner Entscheidung, denn wenn sie ihn noch einmal gesehen hätte, wäre die Tarnung dahin gewesen und die Aktion aufgeflogen.

Als die Frau auf der Höhe der Hofeinfahrt angekommen war, blieb sie stehen, schaute sich um und klappte das Verdeck des Kinderwagens herunter. Dann ging sie weiter.

Peter war alarmiert. Das musste das Zeichen für die Zielpersonen sein, dass die Luft rein war. Noch während er die Entdeckung per Funk weiter gab, kamen die beiden Männer aus der Hofeinfahrt und gingen in Richtung Limmatstrasse. Auch diese Entdeckung gab er sofort weiter.

Dabei beschrieb er die beiden Männer, so genau er konnte und wusste dabei, dass die Kollegen sie aufnehmen würden, wenn sie an der Querstrasse angekommen waren. Aufnehmen bedeutet in diesem Zusammenhang, dass sie sich an sie dranhängen würden.

Peter wollte nun seinerseits seinen Posten verlassen, aber irgendwie war er beunruhigt. Also wartete er noch kurz und tatsächlich kam die Kinderwagenfrau schon wieder entlanggelaufen. Das Verdeck war oben und Peter hoffte, dass dies kein schlechtes Zeichen war.

Ein Kollege in der Querstrasse meldete, dass die beiden Zielpersonen stehen geblieben waren und warteten.

Als der Kinderwagen die Querstrasse erreichte, klappte die Frau das Verdeck wieder herunter und gab erneut ein Zeichen.

Die beiden Männer setzten sich daraufhin in Bewegung und gingen zielstrebig zur Tramhaltestelle.

Peter hatte nun keine Eile, denn die Kollegen, die mit dem Fahrzeug in der Nähe gewartet hatten, würden dem Tram folgen, falls die Männer dieses benutzten.

Als sich die Frau mit dem Kinderwagen nicht mehr sehen liess, begab sich Peter ebenfalls in Richtung Tramhaltestelle. Die beiden Männer hatten bereits ein Tram bestiegen und fuhren Richtung Bahnhof.

Peter stieg in das nächste Tram ein und fuhr auch in diese Richtung. Da die beiden Männer notgedrungen Vorsprung hatten, konnte er darauf reagieren, wie sie sich verhalten würden. Beispielsweise eine Station früher oder später aussteigen, je nachdem, in welche Richtung es danach weiter gehen sollte.

Die Fahrt ging fast 30 Minuten quer durch die Stadt, wobei die Zielpersonen immer wieder das Tram wechselten.

Es war mittlerweile dem Einsatzleiter klar geworden, dass sich hier eine gute Möglichkeit eröffnete und er hatte weitere Kollegen hinzugezogen. Es wäre ja nicht wirklich toll gewesen, wenn es daran gescheitert wäre, dass sich einer der Kollegen zu oft im Sichtbereich der Zielpersonen aufhalten musste. So konnte die Beobachtung auf mittlerweile 10 Kollegen verteilt werden. Ausserdem waren weitere 4 Kollegen mit zwei Fahrzeugen ebenfalls eingebunden.

Als die Zielpersonen schliesslich ein Haus im Stadtkreis 3 betraten und auch nach einer Stunde nicht wieder

herausgekommen waren, zog der Einsatzleiter eine statio-
näre Überwachung auf. Dabei kommt beispielsweise tagsüber ein Handwerker-Lieferwagen zum Einsatz, der in der
Nähe parkiert wird und aus dem heraus die Beobachtung
stattfinden konnte. Nachts war natürlich dieses Auto fehl
am Platz und wurde durch ein anderes ersetzt.

Diese Überwachung lief mehrere Tage, wobei es sich
bald einmal herausstellte, dass es sich hier um eine "An-
laufstelle" handeln musste. Ausser den beiden bekannten
Zielpersonen gingen auch weitere Verdächtige bei diesem
Haus ein und aus. Ausserdem hatten die Ermittler einige
wenige "zufällige" Personenkontrollen von diesen Passanten in der Umgebung durch die Uniformpolizei organisiert
und dabei war regelmässig Heroin festgestellt worden.
Dies konnte gefahrlos geschehen, da es zu dieser Zeit noch
keine Handys gab und so die Wohnungsinhaber nicht gewarnt werden konnten.

Mittlerweile war es gelungen, herauszufinden, in welcher Wohnung sich diese Leute trafen. Schliesslich war es
so weit, den Zugriff zu wagen.

Die Kollegen umstellten das Haus und eine Gruppe
drang schliesslich in die Wohnung ein.

Alle Anwesenden wurden in Gewahrsam genommen
und schon bald begann die Suche nach allfällig verstecken
Drogen im Haus. Erst nach längerer Suche fand schliesslich
einer der Kollegen, im Backofen unter ein Backblech ge-
klebt, eine anständige Menge Heroin.

So kam die Aktion zu einem guten Erfolg und Peter erfuhr später, dass dieser Fund und die weiteren Ermittlungen sogar zum Lieferanten dieser Gruppe geführt hatte

und dabei dann insgesamt fast 20 kg hatte sichergestellt
werden können.

Bomben Willy

Verdächtiger Aktenkoffer, hatte es am Funk geheissen und das in einer bereits bekannten Einkaufsmall. In der Toilette, um genauer zu sein.

Ein Nachtwächter war bei seinem Kontrollgang auf das Akten-köfferchen gestossen und hatte zur Sicherheit die Polizei benachrichtigt.

Als Bruno und Peter mit dem Streifenwagen am Ort ankamen, wartete der Nachtwächter auf sie.

Von ihm geführt begaben sie sich zu den fraglichen Toiletten in der unteren Verkaufsebene der Mall. Der Nachtwächter hatte in einem Anfall von Übermut, den als von ihm als mögliche Bombe eingestuften Koffer aus der Toilette in den freien Raum der Mall hinausgetragen.

Die Zentrale hatte zur höchsten Vorsicht gemahnt, da in dieser Zeit immer mit einem Anschlag durch Palästinensische Terroristen gerechnet werden musste und Amerika Hauptfeind Nummer eins war. Zu allem Guten hatte diese Mall genau in dieser Woche eine amerikanische Dekoration und es könnte gut sein, dass sie dies zu einem Ziel machte.

Bruno und Peter näherten sich also dem verdächtigen Objekt und stellten fest, dass es sich um einen ganz normalen Aktenkoffer handelte.

"Was machen wir damit," wollte Peter wissen. Bruno besah sich das Teil noch einmal und meinte: "Ich habe keine Ahnung."

Schliesslich entschieden sie, die Fakten der Zentrale zu melden und um Anweisungen zu bitten. Es gab keinen Hinweis auf einen möglichen Besitzer und das Ding hatte herrenlos in der Toilette gestanden.

"Ich biete das Bombenräumkommando auf," gab die Zentrale schliesslich zur Auskunft.

Peter sah Bruno an: "Na, dann werden wir uns mal häuslich einrichten, das kann dauern."

In Krimis sind immer alle innert gefühlt Minuten am Tatort. Nicht so in der Realität. Es war kurz vor Mitternacht und die Sachverständigen für die Bombenräumung lagen wohl bereits in ihren Betten zu Hause. In einem Fall wie diesem musste also die Pikettmannschaft informiert werden, die holten dann in der Polizeigarage den ausgerüsteten Wagen, in diesem Fall mit Anhänger, ab und fuhren dann an den Tatort. Je nachdem, wo der oder die betreffenden Kollegen wohnten, konnte das locker eine Stunde dauern, bis sie am Einsatzort eintrafen.

Dieses Mal dauerte es fast zwei Stunden, bis die Truppe endlich eintraf.

Bruno zeigte dem Einsatzleiter das verdächtige Objekt und dieser entschied, zur Entschärfung den Bombenroboter, eben den "Bomben-Willy", einzusetzen.

Dieser Roboter konnte mittels Fernsteuerung zum verdächtigen Gegenstand gefahren werden und mit den eingebauten Gerätschaften, Greifer, Wasserkanone, etc. den Wünschen des Fachmannes folgend, Eingriffe vornehmen.

Für diesen Koffer plante der Einsatzleiter, den Koffer mit der Wasserkanone "aufzuschiessen". Dabei wird mit einer Treibladung eine Dosis Wasser in einem Strahl gezielt auf das Objekt geschossen. Mit dieser Technik wird ein allfälliger Zündmechanismus mit grosser Wahrscheinlichkeit unwirksam gemacht. Wasser ist nicht magnetisch und konnte daher den Mechanismus zerstören, ohne die Bombe auszulösen.

Von der Tiefgarage wurde also der Roboter, der auf Raupen läuft, in die Mall gelenkt und zum verdächtigen Gegenstand. Hier lud der Fachmann die Wasserkanone mit der Treibladung.

Dann fuhr der Roboter bis zum Koffer und schoss den Wasserstrahl auf diesen ab.

Das klingt jetzt so einfach, aber in Tat und Wahrheit dauerte der Vorgang fast eine Stunde.

Schliesslich lag der Koffer zerfetzt auf dem Boden und alle Anwesenden begannen zu lachen. Überall flatterten Papierfetzen herum. Es war keine Bombe, sondern offenbar der Koffer eines Geschäftsmannes.

Peter kauerte sich zu den Überresten des Koffers und begann, nach Hinweisen auf den Besitzer zu suchen. Nach einiger Zeit fand er dann ein Fragment eines Logos, das zum in der Mall ansässigen Möbelhaus gehörte. Hier war für den Moment nichts zu machen, einen Namen oder so hatte er nicht gefunden. Sie räumten die Überreste der "Bombe" in einen Plastiksack, um es später dem Besitzer übergeben zu können. Der Roboter wurde wieder rausgefahren, auf dem Anhänger verstaut und gesichert. Dann prüften Bruno und Peter, ob sie alles weggeräumt hatten. Dem war so und sie nahmen ihren Streifendienst wieder auf.

Bei den Abklärungen stellte sich heraus, dass ein Verkäufer dieses Möbelhauses einen Aktenkoffer in der Eile hatte stehen lassen. Es zeigte sich, dass er ihn noch am Abend vor dem Einsatz gestohlen gemeldet hatte, aber da er als mutmasslichen Tatort eine andere Örtlichkeit angab, war es im System nicht aufgefallen.

Die Papierfetzen waren übrigens in ihrem Vorleben Kaufverträge und Kundenunterlagen gewesen. Es bleibt zu hoffen, dass nicht zu viele Kunden davon betroffen gewesen waren.

Hanna

Polizisten können rechte Scherzkekse sein. Das musste auch Hanna erfahren. Hanna war Coiffeuse und zählte Peter zu ihren Kunden.

An diesem Tag fuhr sie von Ihrem Geschäft weg, quer durch die Innenstadt in Richtung Milchbucktunnel.

Peter hatte sich gerade dazu entschlossen, Hanna zu besuchen, hin und wieder ging er bei ihr ins Geschäft und trank einen Kaffee mit ihr. Als er die Grüngasse entlangfuhr, um dann einmal um den Block in die als Einbahnstrasse signalisierte Wyssgasse einzufahren, kam aus dieser das auffällige Auto von Hanna gefahren und fuhr dann ebenfalls in Richtung Badenerstrasse.

"Schade, da fährt unser Kaffee," sagte er zu Daniela, die ihn heute als Partnerin begleitete. Naja, Pech gehabt. Zunächst spielte er mit dem Gedanken, sich bemerkbar zu machen, vielleicht hätte Hanna dann doch noch einen Kaffee für die beiden gemacht aber er liess es sein. Als er so hinter Hanna herfuhr, kam ihm eine andere Idee. Daniela musste bemerkt haben, dass sich etwas zusammenbraute, denn sie sah Peter von der Seite an und fragte: "Was grinst Du denn so?" Sie kannte ihn lange genug um zu wissen, dass er offenbar wieder einmal Unfug im Kopf hatte.

"Ooch, nichts Schlimmes," sagte er und grinste immer breiter. Er wusste, dass Hanna, wie viele Menschen, ein etwas ambivalentes Gefühl gegenüber Polizisten hatten. Daran änderte nichts, dass sie Peter schon seit längerem kannte. Sobald ein Streifenwagen auftauchte, werden die meisten einfach nervös. Das geht übrigens auch Polizisten so.

"Ich werde sie ein bisschen auf die Schippe nehmen," sagte er schliesslich. Der schwarze Suzuki bog rechts in die Badenerstrasse ein und fuhr dann beim Tagesanzeiger vorbei zur Sihlbrücke. Peter immer schön hinterher.

Peter fragte sich, wann sie wohl den Streifenwagen bemerken würde und ob sie dann realisierte, wer es sein könnte.

Bislang fuhr sie zielstrebig durch die Uraniastrasse und bog dann ab in den Bahnhofquai. Immer mit dem Streifenwagen im Schlepptau.

Peter konnte nun sehen, dass Hanna immer wieder in den Rückspiegel blickte, offenbar hatte sie geschnallt, dass man ihr nachfuhr.

Über die Walchebrücke und das Neumühlequai ging es dann in Richtung Wasserwerkstrasse, die zum Milchbuckportal führte.

Nun sah Peter die Zeit für gekommen, Hanna aufzuklären. Er schaltete die Matrixleuchte auf dem Dach ein. "Stopp Polizei" blinkte es jetzt da in roter Schrift.

Der Suzuki stellte den Blinker rechts und hielt an. Peter hielt dahinter an, schaltete die Dachblinkanlage ein und stieg, nachdem er sich nach hinten vergewissert hatte, aus dem Streifenwagen aus.

Er ging zum Suzuki, immer darauf achtend, dass er im toten Winkel des Rückspiegels blieb. Die Überraschung wäre ja dahin, wenn sie ihn so erkennen würde. Schliesslich stand er beim bereits geöffneten Seitenfenster des Suzuki.

"Na, Hanna, schlechtes Gewissen?" Fragte er und zeigte sich endlich.

Hanna schaute ihn an. Der Gesichtsausdruck war unbeschreiblich. Schliesslich platzte es aus ihr heraus: "Duuu, Du, Du... Ich hatte so ein schlechtes Gewissen, weil ich meinte, ich hätte etwas falsch gemacht!"

Peter lachte nun laut los: "Liebe Hanna, Dein Gesicht ist Gold wert, und auf jeden Fall den Aufwand."

Hanna konnte gar nicht anders, sie lachte nun auch.

"Aber glaub bloss nicht, dass Du mir damit davonkommst, mein Lieber, das kostet Dich noch was."

Peter lachte auch noch und meinte: "Ich werde mich gebührend entschuldigen."

Hanna hatte übrigens, das erzählte sie später mal, ziemlich schnell geschnallt, dass der Streifenwagen hinter ihr her war aber sie wäre nie darauf gekommen, dass es Peter sein könnte.

Sonntag Morgen

Gemütlich tuckerten Ruedi und Peter im Quartier herum. Es war Sonntagmorgen und die Stadt schien zu schlafen. Gut, hier im Aussenquartier, schon fast am Stadtrand, war sowieso meistens nicht so viel los. Peter half in einem anderen Revier aus, da am Sonntag ja oft nicht allzu viele Leute im Dienst sind, vor allem in der Ferienzeit.

Sie waren gerade mit dem Gedanken beschäftigt, irgendwo eine Kaffeepause einzulegen, als sich die Zentrale meldete.

Peter der als Beifahrer fungierte, nahm den Ruf entgegen.

"Fahrt bitte an die X-Strasse 32. Eine Bewohnerin meldet komische Geräusche aus der Nachbarswohnung. Sie hat das Gefühl, eine Frau werde da misshandelt."

"Verstanden, wir schauen uns das an," quittierte Peter den Auftrag.

Ruedi lenkte den Streifenwagen zielsicher zur genannten Adresse. Er tat schon fast 15 Jahre hier im Quartier Dienst und kannte es wie seine Hosentasche.

Vor dem Mehrfamilienhaus lag eine schöne Grünanlage. Überhaupt wirkte die Überbauung edel.

An der Klingelanlage suchte Ruedi nach dem Namen der Anruferin und als er den passenden Knopf gefunden hatte, klingelte er.

"Hallo?" quäkte es aus dem Lautsprecher.

"Die Polizei ist da, würden Sie bitte öffnen?"

Der Summer zeigte an, dass sie nun eintreten konnten. Die Anruferin beugte sich im 1. Stock über das Treppengeländer und winkte. Ruedi und Peter stiegen hinauf.

"Grüezi, mein Name ist xx," stellte sich Ruedi vor, während Peter ebenfalls seinen Namen nannte.

"Schauen Sie," sagte die Frau ganz aufgeregt und ging zu dem neben ihrer Tür liegenden Eingang, "hier ist es. Jetzt kann man nichts mehr hören aber vorher war das sehr laut und ich glaube, da wird eine Frau misshandelt, so wie es sich angehört hat. Ich habe es im Wohnzimmer gehört und das bei geschlossenem Fenster."

Ruedi nickte und begab sich zu der besagten Türe. Er legte ein Ohr an diese und horchte.

"Nein, es ist still," sagte er.

"Als es vorhin so tönte, war es hier von meiner Türe aus zu hören," sagte die Anruferin.

"Wer wohnt denn in dieser Wohnung," fragte Peter.

"Soweit ich weiss, ein junger Mann. Hin und wieder hat er Besuch von einer Frau aber man sieht sie nicht so oft," gab die Frau Auskunft.

"Wir werden jetzt mal klingeln," sagte Ruedi, "wir kommen nachher noch einmal zu Ihnen. Jetzt ist es besser, wenn Sie in der Wohnung warten."

Die Frau ging in ihre Wohnung zurück und schloss die Türe. Als dies geschehen war, klingelte Ruedi an besagter Wohnung.

Zunächst regte sich nichts, also klingelte Ruedi noch einmal. Als sich nach ein paar Minuten noch immer nichts tat, klopfte er energisch an die Türe und rief: "Aufmachen, Polizei!"

Er wollte gerade nochmal klopfen, als sich die Türe einen Spalt weit öffnete. Ein junger Mann wurde sichtbar, mit einem Handtuch um die Hüften. Er wirkte verstört.

"Ja, bitte," sagte er.

Ruedi erklärte ihm den Grund der polizeilichen Intervention und fragte, ob sie eintreten dürfen.

Der Mann öffnete die Tür und liess sie in die Wohnung.

"Also," fing Ruedi an, "was ist passiert, dass die Nachbarn solche Befürchtungen hegen?"

Der Mann druckste verlegen herum. Schliesslich sagte er, rot werdend: "Ich habe Damenbesuch."

"Und?" fragte Ruedi.

"Naja, sie ist ein bisschen laut geworden beim Sex," rückte er endlich mit den Fakten raus.

"Aber sie ist in Ordnung, ihr geht es gut," fragte Ruedi.

Er nickte.

"Gut, mein Kollege wird sich jetzt vergewissern, ob das so ist."

Ruedi nickte Peter zu und der setzte sich zur vom Mann mit Handzeichen bezeichneten Tür in Bewegung.

Vor der Türe blieb er stehen und klopfte an diese. "Hallo, hier ist die Polizei, ist alles in Ordnung?"

Aus dem Zimmer war ein leises "ja" zu hören, kaum zu verstehen, so dass Peter nachsetzte: "Kann ich kurz reinkommen und mit Ihnen reden?"

Wieder erklang ein "ja", worauf Peter die Tür langsam öffnete. Er sah, dass die Frau unter der Decke im Bett lag, gut verpackt und so ging er ins Schlafzimmer.

Der Kopf der Dame leuchtete rot aus den Laken.

"Ich bin gleich wieder weg, aber ich muss wissen, ob alles in Ordnung ist und ob alles hier mit rechten Dingen zu geht," sagte er zu ihr.

Sie wagte ein kleines Lächeln. "Es ist nicht das erste Mal, dass mir das passiert," sagte sie schliesslich. "Aber es ist mir mega peinlich. Ich werde manchmal so laut aber ich kann nichts dagegen machen. Ist das verboten?"

"Nein, nein," beruhigte sie Peter. "Es ist nur so, dass sich die Nachbarn Sorgen gemacht haben, Sie könnten hier misshandelt werden."

Sie schüttelte den Kopf. "Nein, es ist alles in Ordnung, mir ist nichts passiert." Offenbar musste sie jetzt doch ein wenig lachen bei der Vorstellung, jemand konnte ihre Laute so falsch verstanden haben.

"Gut, dann können wir ja gehen," sagte er, verabschiedete sich von ihr und verliess das Zimmer wieder.

Im Wohnzimmer klärte er Ruedi über das Erfahrende auf und sie verabschiedeten sich beide von dem Mann, dem die Erleichterung deutlich anzusehen war.

Ein Einsatz wie viele war zu Ende gegangen. Wer aber glaubt, das sei die Pointe, der hat sich geschnitten.

Einige Zeit später verabredete sich Peter mit einer Freundin, zusammen mit ihren Hunden in der Allmend auf einen Spaziergang zu gehen.

"Ich habe noch mit einer Freundin abgemacht," hatte sie ihm am Telefon gesagt, "das stört Dich sicher nicht."

Natürlich tat es das nicht und so warteten die beiden Damen auf dem Parkplatz bei der Saalsporthalle zur vereinbarten Zeit.

Peter hatte gerade Dienstschluss gehabt und fuhr vom Kreis 4 dorthin, was nicht immer ganz reibungslos läuft.

Als er auf den Parkplatz einbog, konnte er die beiden sehen aber wer beschreibt sein Erstaunen, als er feststellte, dass besagte Freundin die Dame von neulich Sonntagmorgen war?

"Das kann ja lustig werden," murmelte er, während er neben den Frauen parkierte.

Für ihn war klar, er durfte kein Wort darüber verlieren, wie er diese Freundin kennengelernt hatte, denn das unterlag dem Amtsgeheimnis und er würde auch nie jemanden in so eine Verlegenheit bringen wollen, wie es dieser Frau wohl gehen würde.

Er stieg also aus und tat so, als hätte er die Freundin, die sich mit Namen Nathalie vorstellte, noch nie gesehen.

Sascha, seine Freundin, merkte aber rasch, dass hier irgendwas im Busch sein musste. Nathalie war, als sie Peter erkannte, feuerrot geworden und traute sich kaum, etwas zu sagen.

Peter konnte sich ein Grinsen auf den Backenzähnen nicht ganz verkneifen, angesichts der leuchtend roten Farbe.

"Sagt mal, was ist hier eigentlich los," wollte Sascha jetzt wissen. Dass irgendwas los war, hätte auch ein Blinder mit seinem Krückstock sehen können.

"Ich weiss nicht," sagte Peter und fummelte zur Ablenkung eine Zigarette heraus, die er umständlich anzündete.

"Nathalie, sag schon, was geht hier ab," drängte Sascha nun. "Ihr wollt mir doch nicht weis machen, ihr würdet Euch nicht kennen."

"Nein, so ist nicht," sagte Nathalie nun. "Natürlich kenne ich Peter. Nur als er sich damals vorgestellt hat, war's mit dem Nachnamen."

"Und? Und??" Sascha wollte nun natürlich die ganze Geschichte hören.

Nathalie tat ihr den Gefallen und erzählte ihr nun die Geschichte, wie sie sich kennengelernt hatten. Sascha lachte laut los, als sie die Stelle im Schlafzimmer erzählte.

"Das hätte ich gern sehen wollen," warf sie ein.

"Der langen Rede kurzer Sinn, er hat mich halt in einer Situation gesehen, die mir ein wenig peinlich war," schloss Nathalie die Erzählung.

"Jetzt ist mir auch klar, warum Peter gesagt hat, er wisse von nichts," sagte Sascha, und knuffte Peter in die Seite. "Du Lügenbaron, weisst nicht, was los ist, he?"

Peter grinste. "Ich würde nie jemand in so eine Verlegenheit bringen wollen," sagte er, "deshalb habe ich, nebst dem Amtsgeheimnis natürlich, nichts sagen können."

Nachdem nun dies geklärt war, konnte der Spaziergang endlich beginnen. Sascha lachte hin und wieder, weil sie sich vermutlich bildlich vorstellte, wie das abgelaufen war.

Brand in der Sauna

Ein Sonntagmorgen im Winter, die Strassen waren fast leer und auch am Funk war es schon den ganzen Morgen sehr still gewesen. Der Funkruf der Zentrale kam daher eher unerwartet.

"Fahrt an die Badenerstrasse Nummer xx, da hat es im Gewerbegebäude eine Sauna im dritten Untergeschoss und da soll es brennen. Möglicherweise sind noch Personen im Objekt. Sanität und Feuerwehr sind unterwegs."

"Oha," sagte Peter, als er den Wagen wendete, die dringlichen Warnsignale einschaltete und in Richtung der angegebenen Adresse fuhr. Da sie bereits an der Badenerstrasse unterwegs gewesen waren, musste er lediglich dem Strassenverlauf folgen und auf die Hausnummer achten.

Schon von Weitem sahen sie den Rauch, der aus der Eingangspassage eines Bürogebäudes herausquoll. Und erwartungsgemäss waren sie auch die Ersten, die am Brandort eintrafen. Peter stellte den Streifenwagen etwas abseits ab, damit die anderen Einsatzkräfte ungehindert vorfahren konnten.

Als sie sich zum Eingang begaben, aus dem dunkler Rauch kam, stellten sie fest, dass tatsächlich noch Menschen in der Sauna gewesen sein mussten. Etwa 15 leicht- bis unbekleidete Damen standen vor dem Eingang oder kamen gerade heraus. Viele von ihnen trugen nichts oder ein Handtuch mit sich, die meisten waren Barfuss. Einige von ihnen husteten. Da es bitter kalt war, froren die Frauen. Walti und Peter zogen ihre dicken Parka Jacken aus und hängten sie den nächststehenden Frauen über.

Walti versuchte, durch den Eingang zum Treppenhaus gelangen, musste dies dann aber wegen des starken Rauches bald aufgeben.

"Ich komme nicht hinein," sagte er zu Peter, "wir müssen auf die Feuerwehr mit Atemschutz warten."

Eine verantwortliche Person konnte zuerst nicht gefunden werden, so dass nicht klar war, wie viele Menschen in der Sauna gewesen waren und ob sich alle hatten retten können.

"Zentrale von Limmat 9, antworten." Peter rief die Zentrale.

"Verstanden, antworten," reagierte der Einsatzleiter auf den Funkruf.

"Verstanden. Es handelt sich tatsächlich um eine Sauna, es dringt starker Rauch aus dem Gebäude und so wie es aussieht, waren nur Damen hier zu Gast. Die sind jetzt alle halbnackt raus gerannt und frieren ganz erbärmlich. Könntest Du mir Wolldecken organisieren und herschicken?"

"Verstanden, ich schicke Dir einen Transport mit Wolldecken, sonst noch etwas?"

"Ja, bitte informiere die Sanität, dass mindestens 4 der Betroffenen stark husten, damit sie sich entsprechend einstellen können, falls sie mehr Krankenwagen benötigen."

Die Zentrale quittierte.

Peter schaute sich um, wie er die Damen irgendwie an die Wärme bringen könnte.

In der Zwischenzeit war die Feuerwehr vorgefahren. Mit dem sogenannten Schnellangriff, einem dünneren Schlauch, der direkt von der Rolle benutzt werden kann, drang ein Trupp mit Atemschutzgeräten ausgerüstet ins Treppenhaus und dann in die Tiefe des Gebäudes vor. Die

Sauna sollte ja im 3. Untergeschoss liegen, da mussten sie durch viel Rauch durch.

Peter hatte inzwischen ein kleines Restaurant entdeckt, das aber den Eindruck machte, es sei geschlossen. Als er sich gerade abwenden wollte, öffnete sich die Türe des Restaurants und eine Frau trat heraus.

"Was ist passiert," wollte sie wissen.

"Gut sind Sie da," sagte Peter, "dürfen wir die Frauen aus der Sauna bei Ihnen in die Wärme bringen? Die Sauna scheint zu brennen und die haben ihre Kleider alle noch in der Garderobe."

Die Wirtin, um die handelte es sich nämlich, gab sofort die Türe frei und Peter rief Walti und winkte.

Dieser stand bei der Gruppe der frierenden Frauen und schickte sie nun zu Peter.

Auf der Badenerstrasse schien unterdessen das Chaos ausgebrochen zu sein. Aus verschiedenen Richtungen waren Sirenen zu hören. Verschiedene Polizeifahrzeuge kamen angefahren.

Peter betrachtete den immer grösser werdenden Auflauf von Fahrzeugen und fragte sich, was das wohl sollte.

Schliesslich realisierte er, was hier abging. Sein Ruf nach Wolldecken war nicht nur von der Zentrale gehört worden und jeder, der das mitbekam, startete sofort mit wärmendem Material. Sogar ein Motorradfahrer war dabei. Was der wohl bei der leicht schneebedeckten Strasse auf Streife zu suchen hatte, war Peter auch ein Rätsel. Das wiederum sagte Peter, dass nicht die Wolldecken das Hauptmotiv einiger der "Helfer" gewesen war, hierher zu fahren, sondern eher sein leichtsinniger Funkspruch mit den halbnackten Frauen. Naja.

Jedenfalls waren nun genügend Wolldecken vorhanden und Peter konnte diese ins Restaurant zu den betroffenen Frauen bringen.

Die Feuerwehr hatte unterdessen grosse Ventilatoren in Stellung gebracht, die den Rauch aus dem Gebäude bliesen.

"Der Einsatzleiter der Feuerwehr meint, wir könnten in 10 Minuten hinunter gehen und uns die Sache ansehen," sagte Walti, der zu Peter getreten war. Dieser stand vor dem Eingang zum Restaurant und hielt allzu hilfsbereite Kollegen davon ab, selber nach den Frauen zu sehen.

Mittlerweile hatten sie ihre Jacken wiederbekommen und angezogen.

Die Zentrale meldete, dass ein Detektiv der Kriminalpolizei bald eintreffen würde, ebenso die Brandermittlung.

Als es dann so weit war, stiegen Walti und Peter in die Kellergeschosse hinunter. Der begleitende Einsatzleiter der Feuerwehr zeigte ihnen, wo es gebrannt hatte. Der Steuerkasten einer der Saunakabinen hatte offenbar Feuer gefangen und die schmorende Isolation hatte zu dieser Rauchentwicklung geführt. Offenes Feuer hatte es offenbar nicht gegeben.

"Was denkst Du, wann können die Frauen herunterkommen und ihre Kleider holen?"

"Aus Sicht der Feuerwehr können Sie jetzt schon," sagte der Einsatzleiter.

Walti und Peter diskutierten kurz, ob sie das ok des Brandermittlers abwarten sollten oder die Frauen vorher schon reinlassen sollten.

Die Garderoben waren separiert, so dass man dies zulassen konnte, ohne den Brandherd zu tangieren, also ging

Peter hinauf, um die frohe Botschaft zu verkünden. Die Kleider würden zwar nach dem grässlichen Rauch stinken aber besser als gar keine waren sie allemal.

Walti blieb unten und achtete darauf, dass niemand den Brandbereich betrat. Dank der Ventilatoren war die Luft wieder gut im Keller.

Peter ging wieder zum Restaurant und da die Türe abgeschlossen war, klopfte er.

Die Wirtin hatte abgeschlossen, um unnötigen "Passanten-Verkehr" zu vermeiden.

Mittlerweile hatte Peter eine Liste mit den Namen der Saunabesucherinnen erstellt und er erklärte diesen, dass sie nun ihre Kleider holen könnten. Anschliessend sollten sie sich wieder im Restaurant einfinden.

Er begleitete die Damen in kleinen Grüppchen zum Eingang und nahm sie da wieder in Empfang.

Schliesslich hatten alle ihre Sachen geholt und die Decken konnten wieder eingesammelt und den Transporteuren zum Rücktransport übergeben werden.

Mittlerweile war auch der Detektiv eingetroffen und er befragte bereits die ersten Frauen.

Peter konnte die Sache im Restaurant nun sich selber überlassen und gesellte sich wieder zu Walti. Gemeinsam warteten sie, bis die Feuerwehr wieder eingepackt hatten und abrückten.

Die Sanität hatte gottseidank keine grossen Hilfeleistungen erbringen müssen, allen Frauen ging es gut und auch sie rückten wieder ab.

Als dann der Brandermittler eintraf, zeigte ihm Walti die Brandquelle während Peter nochmal ins Restaurant ging.

Er verabschiedete sich von den Frauen und fragte den Detektiv nach seinem okay für ihr abrücken. Dieses wurde gegeben und der Einsatz ging zu Ende.

Untersuchungsrichter in Nöten

Manchmal wurden die Streifenwagen auch zur Unterstützung, Hilfeleistungen oder Transporte eingesetzt.

So auch an diesem Tag.

Kurz vorher war ein schwerer Verkehrsunfall mit Verletzten gemeldet worden und der eingeteilte Streifenwagen war an die Unfallstelle gefahren. Offensichtlich war die Lage dermassen schwerwiegend, dass sich die Besatzung nachdem sie die Unfallstelle erreicht hatten, nach dem Untersuchungsrichter, dem so genannten BA fragten.

Nun stellte sich die Frage, wie dieser schnellstmöglich zur Unfallstelle gelangen konnte, er hatte kein Auto und durch den Unfall hatte sich der Verkehr grossräumig gestaut.

"Limmat 5 von Zentrale, antworten," quäkte es aus dem Funkgerät. Daniela nahm den Ruf entgegen und die Zentrale fuhr fort: "Fahrt zum Bezirksgebäude, Haupteingang. Der BA für die Unfallstelle benötigt einen Transport, dringlich."

"Verstanden, wir bringen den BA dringlich zum Unfallplatz," bestätigte Daniela den Auftrag.

Peter lenkte den Streifenwagen mit Blaulicht und Sirene durch die Langstrasse, dann via Lagerstrasse in die Kanonengasse. Schliesslich bog er in die Badenerstrasse ein und hielt vor der Treppe des Haupteingangs an. Mit laufendem Motor aber abgeschalteter Sirene warteten sie auf den BA. Dieser kam nach einer Minute heraus und stieg hinten in den Streifenwagen ein.

Peter schaltete das Blaulicht und die Sirene wieder ein und fuhr weiter durch die Badenerstrasse. Vom Bezirksgebäude bis hin zum Albisriederplatz zog sich das Ganze recht weit. Auch hier waren schon die Auswirkungen des Rückstaus zu bemerken, so dass Peter auf die Tramschienen ausweichen musst, die hier leicht erhöht auf einer Trasse verliefen.

Auch beim Albisriederplatz war das Chaos unübersehbar. Aber es gab nicht viele Möglichkeiten zur Unfallstelle zu gelange, da sich mit grosser Wahrscheinlichkeit jede zum Rosengarten führende Strasse zu einem Parkplatz verwandelt hatte. Also Augen zu und durch!

Peter konnte auf der Albisriederstrasse die Busspur benützen, wobei auch das nicht wirklich viel schneller war. Auch die Busse konnten weiter vorne nicht mehr weiterfahren und standen somit auch.

Als sich Peter bis zur Auffahrt zur Hardbrücke vorgekämpft hatte, er brauchte für die rund 500 Meter fast 5 Minuten, sah er die doppelte, stehende Kolonne in Richtung Rosengarten. Auf der Brücke wäre noch nicht einmal genügend Platz für eine Rettungsgasse gewesen, hätten sich die Fahrzeuge überhaupt noch bewegen können.

Kurz entschlossen fasste Peter einen neuen Plan. Er wägte die Faktoren ab: Verhältnismässigkeit und rechtliche Voraussetzungen. Mit einem Untersuchungsrichter auf dem Rücksitz war das sicher keine schlechte Entscheidung.

"Achtung, festhalten," sagte er zu seinen Passagieren.

Vom Rosengarten her führte die Brücke auch doppelspurig zum Hardplatz, wo sie sich gerade befanden. Nur war auf dieser Seite ein Grossteil der Brücke mit einer Busspur markiert und der Verkehr auf eine Fahrspur beschränkt. Ausserdem kamen, wegen des Unfalls, nur relativ wenige Fahrzeuge über die Brücke auf sie zu. Dies gedachte er zu nutzen.

Als die richtungstrennende Leitplanke begann lenkte er den Streifenwagen vorsichtig auf die linke Fahrbahnseite, also in den Raum des Gegenverkehrs. Im Rückspiegel konnte er sehen, wie der BA kreidebleich geworden war. Auch Daniela schien es nicht mehr so richtig wohl zu sein.

Peter war sich des Risikos durchaus bewusst, aber wie hätte er sonst über die Limmat und somit zum Rosengarten gelangen können. Unter Garantie waren auch alle anderen Brücken mittlerweile verstopft und somit waren die Möglichkeiten stark zurück gegangen.

Er fuhr also langsam auf der verkehrten Seite auf die Brücke. Um den Entgegenkommenden noch mehr aufzufallen, betätigte er zusätzlich noch die Lichthupe. Und tatsächlich es funktionierte. Die Fahrzeuge wichen auf die, von ihnen aus gesehen, rechte Seite aus und ermöglichen es dem Streifenwagen langsam aber immerhin, über die Brücke zu fahren. Trotzdem kam ihnen die Zeit unendlich lange vor, bis sie endlich das Ende der Brücke und somit das Ende der Leitplanke erreicht hatten. Hier wurde es etwas schwieriger, da die Busspur zu Ende war und Peter versuchte nun in der Fahrbahnmitte weiter voran zu kommen. Schliesslich gelang es, bis zur Unfallstelle zu kommen.

Der BA bedankte sich für die Fahrt aber man konnte ihm ansehen, dass er überglücklich war, aus dem Streifenwagen raus zu kommen.

Peter stieg ebenfalls aus und suchte die Kollegen, die den Unfall abhandelten. Schliesslich fand er Heinz und fragte ihn: "Könnt Ihr noch Hilfe brauchen? Umleitung oder so?"

Heinz winkte ab. "Ist alles schon organisiert, aber danke trotzdem."

Peter ging zurück zu Daniela.

"Das war eine Fahrt, was?"

"Ja, danke viel mal, das bräuchte ich auch nicht jeden Tag," erwiderte sie aber sie grinste dabei.

Das Auto im Wald

Nachts, eiskalt, die Strasse gefroren, nicht gerade angenehme Umstände für den Streifendienst. Auf Eis rutschen die Autos weg, was dann wieder Einsätze bedingt. Und ausserhalb des geheizten Streifenwagens war das auch kein Zuckerschlecken, warme Kleider hin oder her. Oft mussten die Polizisten bei einem Einsatz an Ort stehen, sei es um etwas zu notieren oder aus tausend anderen Gründen. Wenn man sich dann nicht viel bewegt, dann friert man ziemlich schnell.

Heinz und Peter hatten gerade die Gsteigstrasse, die vom Meierhofplatz zur ETH hochführt, auf Vereisung kontrolliert. Gegebenenfalls musste der Strassenunterhalt bevorzugt hierher beordert werden, da sonst die Strasse gesperrt werden müsste. Nicht einmal mehr die Busse würden dann dort fahren können.

Die Zentrale meldete sich. An der Regensdorferstrasse, an der Gemeindegrenze zu Regensdorf im Wald, hatte eine Autofahrerin ein Auto festgestellt, das offenbar in einen Baum geprallt war. Mehr hatte die Anzeigerin im Vorbeifahren nicht sehen können und sie traute sich nicht, auszusteigen und nachzusehen. Also war sie weitergefahren.

Heinz schaltete das Blaulicht und die Sirene ein und fuhr in die genannte Richtung. Er musste äusserst vorsichtig fahren, denn überall lagen Schneereste oder Eis auf der Strasse und auch ein Streifenwagen kann rutschen.

Die Regensdorferstrasse führte zunächst eine längere Strecke in Richtung Höngg West, machte dann einen Rechtsbogen und führte in Richtung Rütihof weiter. Schliesslich mündete von links die Frankentalerstrasse ein und weiter ging es, vorbei am Restaurant Grünwald in die Waldschneise.

Heinz schaltete hier die Warnvorrichtungen ab. Etwa 100 Meter vom Waldrand entfernt ragte das Heck eines Fahrzeugs in die Fahrbahn. Den Rest konnte min nicht sehen, es war im Gebüsch verschwunden.

Als erstes fiel ihnen auf, dass alle Türen offenstanden.

"Das ist seltsam," sagte Peter, "wo sind denn alle?"

Sie versuchten, einen Blick ins Innere des Fahrzeugs zu erhaschen, was schliesslich auch gelang. Niemand war mehr im Auto. Dass aber alle vier Türen offenstanden, liess vermuten, dass es voll besetzt gewesen war.

"Ich glaube, wir sollten die Umgebung absuchen," sagte Heinz und stapfte wieder aus dem Wald hinaus.

Peter nickte. "Auf meiner Seite habe ich Blut gesehen, also mindestens eine Person ist vermutlich verletzt."

Peter rief die Zentrale, schilderte die Situation und bat um Verstärkung. Zu zweit würde es schwierig werde, die Leute, die eventuell verletzt im Wald lagen, schnell genug zu finden. Ausserdem orderte er zur Sicherheit einen Krankenwagen.

Dann sicherten sie zuerst die Unfallstelle. Es musste unbedingt verhindert werden, dass sich Folgeunfälle ereigneten. Dazu sperrten sie das fragliche Teilstück und leiteten den allfällig anrollenden Verkehr über den Parkplatz des Restaurants um.

In der Zwischenzeit war erste Unterstützung angekommen. Heinz teilte die Kollegen ein, wo sie suchen sollten. Mindestens zwei Richtungen standen fest, was durch Spuren im Schnee erkennbar war.

Die Kollegen begannen mit der Suche und schon bald fanden sie eine junge Frau im Schnee liegend, bewusstlos. Die Sanitäter, die inzwischen auch eingetroffen waren, kümmerten sich sofort um sie.

Jetzt meldeten Kollegen aus drei weiteren Richtungen, dass sie Verletzte gefunden hatten. Keiner war ansprechbar.

Einer der Sanitäter funkte sofort mit ihrer Zentrale und forderte zusätzliche Fahrzeuge sowie einen Notarzt an. Aus dem Fahrzeug reichte er Peter sogenannte Triage-Sets.

In diesen befand sich eine Etikette mit Schnur und ein Formular. Ausserdem konnte der Plastikbeutel dazu verwendet werden, persönliche Gegenstände darin zu verwahren, damit nichts verloren ging. Er bat ihn, alle Verletzten damit zu versehen, damit man am Schluss wusste, wer wo in welchem Zustand gefunden worden war. Peter ging mit den Sets zu den Stellen, an denen die Verletzten gefunden worden waren. Auf den Etiketten war eine Nummer aufgedruckt, die auf dem Formular ebenfalls vermerkt war. Dieses füllte er jeweils aus und notierte sich dann die Personalien des Gefundenen in sein Notizbuch. Die Formulare und die abgenommenen Effekten in der Plastiktüte, die ebenfalls die gleiche Nummer trug, gab er jeweils den betreuenden Kollegen, die sie dann der Sanität übergeben würden.

Schliesslich trafen auch die zusätzlichen Sanitätsfahrzeuge ein und die Retter begaben sich zu den Verletzten. Sie lagen alle im Umkreis von vielleicht 20 m um das Fahrzeug. Offensichtlich waren sie im Schock aus dem Unfallfahrzeug ausgestiegen und waren dann nach einigen Metern zusammengebrochen.

Als dann alle Verletzten geborgen und in den Fahrzeugen vorerst in Sicherheit waren, begannen die Funktionäre
des Unfalltechnischen Dienstes mit ihrer Arbeit. Detailauf-
nahmen des Fahrzeugs, der Schäden an diesem, die Fund-
orte und vieles mehr musste fotografiert und festgehalten
werden. Als dann die Fahrzeuge der Sanität weggefahren
waren, konnten dann auch noch die Übersichtsaufnahmen
der Unfallstelle gemacht werden.

Schliesslich war es soweit, dass der Abschleppdienst,
der sich zunächst auf die Sicherung der Flüssigkeiten im
Fahrzeug konzentriert hatte, dieses aus dem Wald ziehen
konnte. Nun wurden noch weitere Fotos gemacht. Dann
konnte das Fahrzeug aufgeladen werden.

Nun, da keine Gefahr mehr bestand, sammelten Heinz
und Peter die Absperrmaterialien wieder ein. Vergewisser-
ten sich, dass nichts auf dem Unfallplatz liegen geblieben
war und fuhren dann zur Wache. Es gab in dieser Nacht
noch einiges an Schreibkram zu erledigen.

Der Förster musste benachrichtigt werden, ebenfalls der
Strassenunterhalt. In den folgenden Tagen mussten dann
die Unfallopfer befragt werden, da es noch nicht klar war,
was genau passiert war, beziehungsweise, wie es zum Unfall kommen konnte oder wer das Fahrzeug gelenkt hatte.

Aber für heute Nacht war alles erledigt.

Die Wohlgroth-Räumung

Es war im November 1993, als alle Verhandlungen über die Zukunft des Wohlgroth Areals gescheitert waren. Dass dieser Komplex nun bald geräumt werden würde, zeichnete sich ab.

Der Komplex setzte sich aus Wohnhäusern und Fabrikationshallen zusammen, die eng zusammengebaut waren und zwischen der Josef- und der Zollstrasse lagen.

Eines schönen Tages im November 1993 wurde an die Polizisten der Befehl herausgegeben, dass jeder seine persönliche Ausrüstung für den sogenannten unfriedlichen Ordnungsdienst oder OD, wie er intern genannt wurde, aus der zentralen Garderobe holen und dann nach Hause mitnehmen sollte. Das Ganze sollte möglichst unauffällig und über die Woche verteilt geschehen, so dass dies einem allfälligen Beobachter nicht auffallen würde. Ausserdem war es strikte untersagt, diese Aktion gegenüber Drittpersonen zu erwähnen.

Von einem solchen Vorgang hatte Peter noch nie gehört und seines Wissens war so etwas auch noch nie vorgekommen. Aber er holte die umfangreiche Ausrüstung befehlsgemäss ab.

Diese Ausrüstung, sie bestand aus diversen, dem Eishockey entlehnten Schutzpanzer, die unter dem Overall getragen werden konnte, dem Overall selber, der Gasmaske und dem Helm und war sehr voluminös. Die ganze Ausrüstung hätte kaum in einer der blauen IKEA-Taschen, die es damals noch nicht gab, Platz gehabt.

Nachdem diese Woche vergangen war und alle Polizisten ihre Ausrüstung mit nach Hause genommen hatten, wurde vertraulich bekannt gegeben, dass ein Einsatz bevorstünde, von dem Gegenseite nicht erfahren durfte, dass er geplant war. Es war vor Allem wichtig, den Zeitpunkt dieses Einsatzes geheim zu halten. So wurden die Polizisten erst am Vorabend des Einsatztages, kurz vor Dienstschluss angewiesen, sich am folgenden Tag mit der kompletten Ausrüstung in der Zivilschutzanlage in Schwamendingen zu einzufinden. Ausnahmsweise war es den Polizisten gestattet, mit dem privaten Fahrzeug den Dienst anzutreten und dort hinzufahren, da die Ausrüstung mitgenommen werden musste. Normalerweise standen für die Polizisten keine Parkplätze zur Verfügung, das war dieses Mal anders.

Als Peter wie angeordnet am folgenden Morgen bei der Zivilschutzanlage ankam, sah er mit Erstaunen, wie viele Einsatzfahrzeuge auf diesem Platz abgestellt worden waren. Da standen kleine Mannschaftstransporter, grosse Mannschaftstransporter, Pionierfahrzeuge, Wasserwerfer, es wollte kein Ende nehmen. Peter gab es auf, sie zählen zu wollen, es waren augenscheinlich weit mehr als 100 Fahrzeuge. Offensichtlich hatten die Verantwortlichen dafür gesorgt, dass auch die Einsatzfahrzeuge beizeiten hierhergebracht worden waren.

Peter stellte sein Fahrzeug ab und begab sich zum Sammelpunkt beim Eingang der Anlage. Es wimmelte vor Kollegen, so dass es klar wurde, dass nicht nur die Schicht des Reservedienstes, sondern auch Kollegen, die eigentlich einen freien Tag gehabt hätten, aufgeboten worden waren.

Die Polizisten wurden in Betriebskantine gebracht, wo sie sich umziehen konnten und als die Ausrüstung angelegt war, sammelten sich die Polizeikräfte in der Eingangshalle. So viele Polizisten für einen Einsatz hatte Peter noch nie gesehen und auch später hatte er nie das Gefühl, dass wieder viele versammelt worden wären.

In der Halle nahmen die Polizisten Aufstellung. Sie wurden in sogenannte Züge eingeteilt, bestehend aus 24 Männern, dem Zugführer und seinem Stellvertreter. Frauen gab es damals noch kaum in der uniformierten Polizei. Nun wurden die Polizisten in Viergruppen eingeteilt. Sie erfuhren, in welchen Funktionen innerhalb der Gruppe sie eingesetzt werden, wer das Kommando führt und vieles organisatorische mehr. Peter wurde als Schütze eingeteilt. Das heisst, er würde das Gummischrotgewehr als Ausrüstung fassen.

Erst jetzt wurden die Polizisten zum ersten Mal informiert, welcher Einsatz heute stattfinden würde: Die Räumung des Wohlgroth Areals. Man hatte das in der Gerüchteküche bereits gemunkelt aber jetzt war es offiziell.

Was nun kam war absolut unvorstellbar. Die Polizisten stiegen in die vielen Fahrzeuge, formierten sich zu einer endlosen Kolonne und machten sich auf den Weg zum Einsatzort. Der Konvoi konnte nicht sehr schnell fahren, damit alle den Anschluss ans Führungsfahrzeug halten konnten.

Das Fahrzeug, in dem Peter sass, fuhr im letzten Drittel langen Kolonne. Nach vorne konnte er die Spitze nicht erkennen und auch das Ende der Kolonne konnte Peter nicht sehen. Auf einer langen, geraden Strasse wie die Hagenholzstrasse fast unvorstellbar.

Alle Fahrzeuge hatten die Blaulichter eingeschaltet und so sah es noch viel gespenstischer aus.

Peter erinnerte sich später noch lange an eine Situation, die er auf dieser Fahrt beobachten konnte.

Als sein Fahrzeug an einer Querstrasse vorbeifuhr, es war die "Heidi-Abel-Strasse", stand da ein Auto. Dessen Lenker hatte in die Hagenholzstrasse einbiegen wollen. Offenbar hatte er wegen der Einsatzfahrzeuge anhalten müssen und da stand er nun. Das Gesicht dieses Mannes war unbeschreiblich. Er hatte den Mund weit aufgesperrt und starrte ungläubig auf das Schauspiel, das sich ihm bot. Dabei schaute immer nach rechts nach links nach rechts nach links, man konnte sehen, dass er seinen Augen nicht traute.

Peter malte sich aus, wie der Autofahrer am Arbeitspatz seine Verspätung erklären würde: "Chef, ich musste eine Kolonne Polizeifahrzeuge passieren lassen und da musste ich 10 Minuten warten."

In der heutigen Zeit wären mit Sicherheit dutzende von Videos davon in den sozialen Medien aufgetaucht, damals gab es sowas noch nicht.

Die Kolonne bewegte sich dann durch Oerlikon in Richtung Stadtkreis fünf, wo sich das Wohlgroth-Areal befand. Schliesslich kamen sie dort an.

Wie bei der Einsatzbesprechung erläutert, wurde das ganze Gebiet grossräumig umstellt und alle Strassen gesperrt. Die Wasserwerfer wurden an strategisch ausgewählten Punkten aufgestellt.

Dann wurde um die Gebäude, die das Wohlgroth Areal bildeten, mit Polizisten ein innerer Ring aufgebaut. Diese sollten an der eigentlichen Räumung teilnehmen.

Peter war im äusseren Ring eingesetzt, wo sie Fahrzeuge, Passanten und Schaulustige davon abhalten sollten, in die Zone hineinzugehen. Auch hatten sie den Auftrag, allfällige Sympathisanten der Besetzer zurück zu halten.

Was nun passierte, war absolut unglaublich. So etwas hatte Peter noch nie gesehen Er hatte zwar gerüchtweise gehört, dass ein Hubschrauber zum Einsatz kommen sollte. Das aber konnte er sich nicht vorstellen mitten in der Stadt mit einem Hubschrauber Leute abzusetzen, die dann in einen Gebäudekomplex eindringen sollten, machte irgendwie keinen Sinn.

Tatsächlich aber wurde eine Drehleiter der Feuerwehr an der Front des Komplexes aufgefahren, worauf mehrere Polizisten aufs Dach kletterten. Dort sägten sie mit den mitgebrachten Werkzeugen Antennen, Wäscheleinen und Ähnliches ab.

Mittlerweile war das Geräusch eines Hubschraubers zu hören.

Als die Polizisten mit dem absägen fertig waren, erschien dieser Hubschrauber über dem Dach des Gebäudes, auf dem die Hindernisse weggeräumt worden waren.

Peter beobachtete das Geschehen ungläubig. Aus dem Helikopter seilten sich mehrere Polizisten ab. Diese gingen dann zum Einstieg ins Gebäude und drangen vom Dach her in diese Liegenschaft vor. Die Polizisten mit den Werkzeugen folgten ihnen.

Man hatte herausgefunden, dass die Hausbesitzer die Zugänge zu den Gebäuden von innen verbarrikadiert hatten. Ausserdem hatten sie Durchgänge von einem Haus ins andere geschaffen. Es war also nicht möglich, im Erdgeschoss über die regulären Eingänge in die Häuser zu gelangen.

Aus diesem Grund musste die Räumung von oben her stattfinden. So konnten die Polizisten durch das Treppenhaus ins Erdgeschoss vordringen und alle Hindernisse beseitigen. Dann öffneten sie und die Türen für die anderen Polizisten, die draussen warteten und sie hereinlassen.

Das dauerte aber fast eine halbe Stunde. Immer wieder hörte man aus dem Inneren des Komplexes Krachen und Splittern. Auch eine Motorsäge schien da zum Einsatz zu kommen, um sich einen Weg zu bahnen. Schliesslich wurde die Türe geöffnet.

In der Zwischenzeit waren offenbar Besetzer im Gebäude gefunden worden. Es wurden vier Personen von einem Balkon mit dem Rettungskorb der Feuerwehr herausgebracht. Diese wurden in Arrestantenfahrzeuge geladen und weggebracht.

Stundenlang standen die Polizisten auf ihren Posten, während der Komplex von hinzugekommenen Bauarbeitern teilweise bereits abgerissen wurde. Man wollte wohl verhindern, dass die Besetzer nachher wieder "einzogen".

Gegen Mittag waren Verpflegungsbeutel an die Polizisten verteilt worden. Eine Plastiktüte mit Sandwich, Schokoriegel, einer Frucht und ein paar Sugus drin sollte als Mittagsverpflegung dienen. Ausserdem war ein grosser Kanister mit Tee bei den Polizisten deponiert worden.

Aber es war nicht gerade ein Zuckerschlecken, stundenlang an Ort und Stelle zu stehen bleiben. Nur schon das Thema Toilettengang entpuppte sich als ein ziemlich umständliches Unterfangen. Nicht nur weil es schwierig war, Toiletten zu finden, man musste sich auch jedes Mal aus der ganzen Montur herauszuschälen und das war ziemlich mühsam.

Im Verlauf des späteren Nachmittags war es langsam langweilig geworden, den Bauarbeitern beim Arbeiten zuzusehen.

Auf einmal wurde ein Teil der Mannschaften aus den Formationen abgezogen. Diese bestiegen die Fahrzeuge und fuhren mit Blaulicht und Sirene weg. Die Wasserwerfer folgten ihnen.

Peter war unter den Zurückgebliebenen, die nun zuerst neu formiert wurden. Mit nur noch knapp der Hälfte der Leute konnte die Absperrung im bisherigen Ausmass nicht mehr gehalten werden.

"Was ist los," fragte Peter den Gruppenführer Kurt. "Wieso sind die weg?"

"Beim Central hat sich eine Demonstration zusammengerottet," sagte Kurt. "Es sind wohl Sympathisanten der Hausbesetzter, die sich da sammeln."

Leider konnte Peter die Meldungen aus dem Funkgerät zwar hören aber er verstand nicht viel, da er einige Meter vom Gruppenführer entfernt seinen Standort hatte und damals nur die Gruppenführer ein Funkgerät mittrugen.

Hin und wieder kam Kurt auch bei ihm vorbei und gab die eine oder andere Information.

Demzufolge hatte sich der Demo Zug zu einem gewaltbereiten Haufen gewandelt und es flogen Steine.

Die beim Wohlgroth abgezogenen Polizisten versuchten zu verhindern, dass die Krawallanten zum Bahnhof und damit an die Bahnhofstrasse gelangen konnten. Auch musste verhindert werden, dass der Saubannerzug zum Wohlgroth-Areal zog. Stattdessen verlagerten sich die Scharmützel ins Niederdorf.

In der Zwischenzeit, es war gegen acht Uhr abends, waren die Bauarbeiter mit den Arbeiten vorerst fertig geworden.

Ein Teil der Gebäude waren teilweise eingerissen, der Rest massiv verrammelt worden, so dass es für die Besetzer keine Möglichkeit mehr geben sollte, sich hier noch einmal einzunisten und festzusetzen.

Die Bauarbeiter zogen schliesslich ab und auch vereinzelt wurden die Polzisten gruppenweise in die Hauptwache beordert.

Die Gruppe, zu der Peter gehörte, war beim Wohlgroth geblieben. Nun bekamen sie den Auftrag, um das Areal zu patrouillieren und nach verdächtigen Aktivitäten Ausschau zu halten.

Die Krawalle in der Innenstadt dauerten immer noch an und auch beim Wohlgroth bildeten sich kleine Gruppen, deren Absichten nicht klar zu deuten waren.

Kurt meldete dies jedoch der Einsatzleitung und ein Zug Polizisten wurde wieder zum Wohlgroth geschickt, wo sie als Eingreiftruppe abwartete. Es musste verhindert werden, dass sich hier auch noch ein Saubannerzug bildete.

Mittlerweile war ein Teil der Polizisten, die am folgenden Tag den regulären Dienst aufnehmen würden, nach Hause geschickt worden. Aber da sich gegen 10 Uhr die Lage zu beruhigen begann, war das auch vertretbar.

Zu diesen Polizisten gehörte auch die Gruppe von Peter. Für ihn ging es am folgenden Morgen um halb sieben in den Frühdienst. Die Einsatzzeit von morgens früh bis nach zehn Uhr, war auch nicht ohne gewesen. Auch wenn die Arbeit im Wesentlichen aus herumstehen bestanden hatte.

Er war froh, als er zu Hause ins Bett fiel und die Augen schliessen konnte.

Die fliehende Vespa

An einem frühen Sommerabend fuhren Reto und Peter wieder einmal in ihrem Revier umher.

Polizisten verbringen einen grossen Teil des Dienstes auf Patrouille und beobachten, was sich rundum ereignet. Manchmal sehen sie etwas, das sie zum Eingreifen verpflichtet oder veranlasst. An diesem Tag fuhren sie, von der Badenerstrasse herkommend, die Langstrasse entlang.

Im oberen Teil, zwischen der Badenerstrasse und der Stauffacherstrasse, darf die Langstrasse in beiden Richtungen befahren werden. Ab der Stauffacherstrasse bis zur Militärstrasse war eine Einbahnstrasse signalisiert. Der zweite Fahrstreifen war für die Trolleybusse reserviert. Es ist allgemein bekannt, dass sich Zweiradfahrer aber nicht an solche Banalitäten halten. Vor allem Velofahrer sind da sehr kreativ in der Interpretation.

Als sie sich auf Höhe der Hohlstrasse befanden, kam ihnen ein Roller auf der Busspur entgegen.

"Den will ich kontrollieren," sagte Peter zu Reto und machte sich bereit, dem Roller den Weg zu versperren und ihn zu stoppen. Das Befahren einer Einbahnstrasse in der falschen Richtung führte zu einer Busse.

Der Rollerfahrer sah das Ungemach kommen und bog in die Rolandstrasse ein. Diese war aber auch als Einbahn signalisiert also fuhr die Vespa erneut in verbotener Fahrtrichtung.

Für Peter war das Grund genug, die Verfolgung aufzunehmen. Vor der Polizei wegen einer einfachen Übertretung zu flüchten und dabei weitere Übertretungen zu begehen, war doch ziemlich verdächtig.

Er schaltete das Blaulicht und das Wechselklanghorn ein und fuhr nun ebenfalls in die Rolandstrasse. Gottseidank kam kein korrekt fahrendes Fahrzeug entgegen, so dass er zügig aufholen konnte. Reto informierte die Zentrale über Funk, dass sie ein flüchtendes Fahrzeug verfolgten und gab den Standort und die Fahrtrichtung durch.

Der Flüchtende bog dann rechts in die Zinistrasse ein und von dort in die Sihlhallenstrasse. Diese führte wieder in Richtung Langstrasse.

Peter war sich sicher, dass sie die Vespa auf diese Weise bald eingeholt haben würden, als diese unvermittelt in einen privaten Platz einbog. Dieser Platz wäre an sich durchgehend bis an die Schöneggstrasse befahrbar gewesen, hätten da nicht in der Mitte mehrere Pfosten die Durchfahrt für den Streifenwagen verhindert.

Der Vespafahrer hatte auf der anderen Seite der Pfosten, die für ihn natürlich kein Hindernis bildeten, angehalten. Er machte eine obszöne Geste gegen die beiden Polizisten, dann fuhr er weiter. Peter konnte sehen, dass er weiter in Richtung Langstrasse fuhr.

Er manövrierte den Streifenwagen rückwärts aus dem Parkplatz hinaus und fuhr durch die Sihlhallenstrasse in Richtung Langstrasse. Die Schöneggstrasse und die Sihlhallenstrasse verliefen beinahe parallel, vielleicht 15 m voneinander entfernt. Da die Distanz zur Langstrasse nur gerade ungefähr 50 m betrug, würden sie die Vespa unter Umständen sehen, wenn sie wieder die Langstrasse hochfahren würde.

Dies war aber nicht der Fall. Peter schaltete die Warnsignale ab, da er ja nicht mehr direkt auf der Verfolgung war. Reto meldete den Abbruch ebenfalls an die Zentrale.

Als sie an der Langstrasse ankamen, konnte Reto sehen, dass die Vespa nicht wieder die Langstrasse aufwärtsfuhr, also musste sie links in Richtung Kreis 5 abgebogen sein.

Peter fuhr also so schnell wie es ihm möglich war, in Richtung Kreis 5.

Nach der Eisenbahnunterführung stand ein Kollege auf der Kreuzung und regelte den Verkehr. Peter hielt bei ihm an und fragte: "Hey, Bruno, hast Du eventuell eine schwarze Vespa hier vorbeifahren gesehen?"

"Ja, die ist grad eben hier ziemlich schnell durchgefahren," wobei er in Richtung Limmatplatz wies.

Peter bedankte sich und fuhr zügig weiter in die angezeigte Richtung. Beide spähten sie weit voraus, ob sie die Vespa vielleicht noch sehen könnten und tatsächlich sagte Reto auf einmal: "Da! Sie ist auf die Kornhausbrücke gefahren."

Peter hatte den Roller nicht gesehen aber er wusste, dass Reto die besseren Augen hatte und setzte die Fahrt so schnell wie möglich fort.

Als sie beim Limmatplatz, der Fahrbahn folgend, um die Tramhaltestelle herumfahren mussten, sah er die Vespa selber auch. Der Lenker schien die Geschwindigkeit reduziert zu haben und tuckerte über die Brücke.

"Jetzt bekommen wir ihn," sagte Peter und es gelang ihm tatsächlich, die Distanz zur Vespa stark zu verringern.

Nach der Brücke fuhr der offenbar nichts mehr Ahnende über die Kornhausstrasse bergwärts. Dann bog er in die Rotbuchstrasse ein.

Peter hatte mittlerweile aufgeholt und als er sich dicht hinter der Vespa befand, schaltete er die Warnvorrichtungen wieder ein.

Durch das unvermittelte Geheule hinter sich, schien der Vespafahrer zu erschrecken, fuhr aufs Trottoir und hielt dort an.

Reto hüpfte aus dem Streifenwagen und packte ihn, bevor er wieder zu Sinnen kam. Er zog ihn von seinem Gefährt herunter und konnte ihn zu Boden drücken, bis Peter zu ihm kam und sie ihm die Handschellen anlegten.

Sie zogen ihm den Helm vom Kopf und Reto sagte: "Damit haben Sie wohl nicht gerechnet, he? Aber besser für Sie, haben Sie jetzt angehalten."

Langsam dämmerte es dem Vespafahrer, dass er die gleiche Streifenwagenbesatzung vor sich hatte, die er vorher abgehängt hatte. Er wirkte verdutzt.

"Ich habe geglaubt, dass es sich um ein anderes Einsatzfahrzeug handelt, das zu einem dringenden Einsatz fahren muss," sagte er.

Der Lenker war offensichtlich sehr verdutzt und schien die Welt nicht mehr zu verstehen.

"Sie haben mit dem Stinkefinger an der Sihlhallenstrasse den Fehler gemacht, meinen Ehrgeiz zu wecken," sagte Peter und grinste breit. "Jetzt haben wir Sie doch noch erwischt."

"Wieso legen Sie mir Handschellen an?" wollte er wissen, "ich habe ja nur das Einbahnsignal missachtet. Ich bin Jurastudent und weiss, dass man dafür nicht festgenommen wird."

Peter konnte nicht anders, als zu lachen.

"Jurastudent, aha so ist das," sagte er, "aber wahrscheinlich noch nicht sehr lange oder Sie haben geschlafen."

"Wieso geschlafen?" wollte der Fehlbare wissen.

"Weil Sie durch ihre Flucht eine Amtshandlung behindert haben. Und Hinderung einer Amtshandlung ist keine Übertretung mehr, sondern eine Straftat," erklärte ihm Peter. "Statt einer Busse gibt es jetzt ein Strafverfahren."

Tatsächlich ist das so, dass man, wenn man sich einer Kontrolle zu entziehen versucht, strafbar macht. Nur wussten das nicht viele Leute.

Nun wirkte der Jurastudent echt geknickt. Daran schien er nicht gedacht zu haben.

Reto hatte inzwischen den Arrestantenwagen angefordert.

"Sagt dem Fahrer, er soll das "Brett" mitnehmen, damit wir die Vespa einladen können," erklärte er der Zentrale.

So warteten sie da auf dem Trottoir.

Als das Fahrzeug nach rund 10 Minuten eintraf, legte Peter das "Brett" hinten auf die Einstiegsstufe, des Kastenwagens.

Dieses "Brett" bestand aus einer ca. 2 Meter langen Holzplanke, die an einem Ende einen Holzklotz montiert hatte, damit man die Planke auf das hintere Trittbrett legen konnte und so eine Rampe entstand, über die Zweiräder eingeladen werden konnten.

Damals wurden als Arrestantenfahrzeuge Ford Transit eingesetzt, die hinten ganz leer waren. Sie waren lediglich mit einer metallenen Sitzbank auf der linken und einer an der Stirnseite ausgestattet. So konnten kleinere Zweiräder ein geladen und transportiert werden.

Peter schob die Vespa über die Planke in den Laderaum und verzurrte sie. Dann liess er den Festgenommenen auch einsteigen.

"Auf geht's," sagte er und der Kastenwagen setzte sich in Bewegung, zurück zur Wache.

Reto sammelte den Helm des Fahrers ein und leuchtete die Stelle ab, damit nichts übersehen wurde, was diesem allenfalls aus den Taschen gerutscht sein könnte.

Dann stiegen sie in den Streifenwagen und fuhren ebenfalls zur Wache. Nun stand der Papierkram auf dem Programm.

Patrick und die "Bombe"

Längere Zeit waren Patrick und Peter ein festes Team im Streifendienst. So waren sie auch an diesem Sonntagnachmittag zusammen unterwegs. Der Dienst war bisher langweilig gewesen, da während der Ferienzeit auch tagsüber an Sonntagen nicht gerade der Bär steppt.

Kurz vor dem Wechsel der Streifenwagenbesatzung, der um 1530 Uhr hätte erfolgen sollen, kam ein Auftrag:

"Fahrt an die Badenerstrasse XX, da hat eine Anwohnerin einen verdächtigen Gegenstand im Vorgarten festgestellt. Sie meint, es sei eine Bombe."

"Verstanden," bestätigte Peter den Funkspruch, "wir schauen uns diese Bombe mal an."

Sie fuhren in Richtung der angegebenen Örtlichkeit. Eine Bombe in einem Vorgarten ist doch eher unüblich und so konnte man davon ausgehen, dass da nicht viel dran sein würde.

Aber die Vorsicht verlangte, dass man den Gegenstand untersuchte um jedes Risiko auszuschliessen. Es war aber kein Grund, dafür ein bei der Fahrt ein grösseres Risiko einzugehen, was eine Dringlichkeitsfahrt immer bedeutete und daher fuhren sie "normal" zur angegebenen Adresse.

Als sie vor dem Haus ankamen, konnten sie zunächst nichts feststellen. Sie gingen durch den Garten um das Haus herum, um wirklich alles abgesucht zu haben.

Als sie wieder zur Strasse kamen, stand die Anruferin in der Hauseingangstüre und zeigte in die Richtung, wo sie den verdächtigen Gegenstand festgestellt hatte.

Tatsächlich, da stand, gut versteckt zwischen den Heckenpflanzen, ein Koffer.

Sie betrachteten den Koffer von allen Seiten aber sie waren unschlüssig, was sie davon halten sollten. Er war etwa so gross wie ein normaler Aktenkoffer, nur etwa doppelt so dick und er schien aus Metall zu bestehen.

"Könnte das jemandem aus dem Haus gehören," fragte Patrick die Hausbewohnerin, die neugierig nähergekommen war.

"Nein, ich glaube es nicht," sagte sie und zuckte die Schultern.

"Wie lange steht das schon da?" wollte Peter wissen.

Wieder zuckte die Hausbewohnerin die Schultern. "Ich habe es gestern gesehen, als ich vom Einkaufen zurückkam."

Patrick und Peter traten ein paar Schritte zur Seite und berieten sich.

"An einem Sonntag in einem x-beliebigen Vorgarten deponiert doch keiner eine Bombe," sagte Patrick. "Und dann steht sie seit gestern hier? Das ist doch keine Bombe."

"Ich glaube es auch nicht, aber können wir sicher sein?" fragte Peter.

Nun war es an Patrick, die Schultern zu zucken. Er trat wieder zu dem Koffer. Unvermittelt packte er das Ding am Griff und schüttelte es kräftig durch.

Peter war instinktiv über die Hecke in Deckung gehechtet, als er sah, was sein Partner da machte. Auch die Hausbewohnerin war schreiend davongerannt.

"Ihr könnt Euch wieder beruhigen," rief Patrick, "das ist keine Bombe, da bin ich mir jetzt sicher. Dabei lachte er schadenfreudig, als er die Grasflecke an Peters Hemd bemerkte.

"Bist Du schreckhaft?" fragte er und lachte erneut.

"Normalerweise nicht," antwortete Peter, "aber eine Vorwarnung über Deinen "Bombentest" wäre doch hilfreich gewesen."

Patrick lachte immer noch. Er stellte den Koffer wieder ab und untersuchte ihn erneut. Irgendwie musste das Ding doch zu öffnen sein. In der Tat gelang es ihm eine der Seitenwände hochzuklappen und zum Vorschein kam: Eine Nähmaschine.

Nun lachte auch Peter. "Damit hätte ich definitiv nicht gerechnet," sagte er, "aber Du bist trotzdem ein Esel, das Ding einfach zu schütteln."

"Ach was," gab Patrick zurück, "ausserdem können wir jetzt zum Wechseln fahren und müssen hier nicht auf die Bombentruppe warten.

Immer noch lachend trug er die "Bombe" zum Streifenwagen und lud sie ein. Wie die da hingekommen war, war nicht herauszufinden. So endete die Maschine im Fundbüro.

Diensthunde

Natürlich sollen für den ehemaligen Diensthundeführer Einsatzgeschichten mit dem Hund nicht zu kurz kommen.

Atlas

Ein treuer Begleiter von Peter war über viele Jahre Atlas, deutscher Schäferhund und Diensthund.

Peter hatte sich gerade bettfertig gemacht. Obwohl er in dieser Nacht Pikettdienst mit Hund hatte, hoffte er auf eine ruhige Nacht. Eine trügerische Hoffnung. Kaum war er so richtig gemütlich eingedöst, als der Piepser losging. Er rappelte sich auf und griff nach dem Telefon.

"Zentrale, Hoffmann," meldete sich am anderen Ende ein Kollege der damals FNZ genannten Einsatzzentrale.

"Ihr habt mich an gepiepst, " sagte Peter, "was steht an?"

"Eine Patrouille steht im Einsatz wegen vermuteter Einbrecher in einem Metzgereigrosshandel. Sie haben einen Hund angefordert."

"Verstanden, ich rücke aus. Ich brauche vermutlich ca. 25 Minuten bis an den Tatort."

Peter schlüpfte in die Arbeitskleider, die bei einem Hundeführer von der regulären Uniform abwich, da die Einsätze oder Übungen oft im Gelände stattfand und daher die Sachen pflegeleichter ausgelegt waren. Dann schnallte er sich den Waffengurt um und ging zusammen mit Atlas, der spürte, dass etwas in der Luft lag, und heftig mit dem Schwanz wedelte. Sie fuhren mit dem Lift in die Tiefgarage. Peter wohnte zu der Zeit in einem Gewerbehaus in der Agglomeration in der Dachwohnung. Da er über

Tiefgaragenplätze verfügte, hatte er das Einsatzfahrzeug für Hundeführer mit nach Hause nehmen können.

Er liess Atlas hinten in die Hundebox einsteigen und stieg dann selber in den weissen Volvo. Zuerst stellte er das Blaulicht mit Magnetsockel aufs Dach des Fahrzeugs und steckte das zugehörige Kabel ein.

Dann ging es los. Zuerst fuhr er bis zur Autobahneinfahrt, welche am Waldrand lag und er nutzte es, um kurz anzuhalten. Atlas möchte sicher noch das "Bein heben", bevor es in den Einsatz ging.

Dann ging es los, auf der Autobahn in Richtung Stadt. Da er die Geschwindigkeitslimite überschreiten wollte, legte er den Schalter um, der das Blaulicht in Betrieb setzte. Auf der Autobahn hatte es zu dieser späten Stunde kaum ein Auto, so dass er auf die Sirene vorerst verzichtete.

Als er beim Heizkraftwerk auf Stadtgebiet einfuhr, wurde der Verkehr dichter und er schaltete die Sirene auch ein.

Geübt schlängelte er sich durch die Fahrzeuge, fuhr vorsichtig bei Rot über zwei Kreuzungen und gelangte dann auf die Hardbrücke. Atlas sass aufrecht in der Hundebox und legte sich elegant in die Kurven, die Peter fahren musste. Schliesslich näherte er sich dem Tatort und er schaltete die Sirene wieder ab. Schliesslich gab es Menschen, die schlafen wollten und daher verzichtete er, sofern vertretbar, auf den Einsatz des Horns. Heute ist es ja so, dass es immer laufen muss, damals war das noch nicht so strikte geregelt.

Nach wenigen hundert Metern sah er die Einsatzfahrzeuge der Kollegen vor dem Objekt stehen. Fast genau 25

Minuten nach dem Telefonat hielt er bei den anderen Fahrzeugen an.

"Na, schon tief geschlafen," fragte ihn einer der Kollegen, die beim Eingang standen.

"Noch nicht, war gerade beim Einschlafen," antwortete Peter. "Wie sieht's denn aus?"

"Die Eingangstüre ist aufgebrochen worden. Wir haben das Gebäude umstellt, da kommt keiner raus. Der stille Alarm hat ausgelöst und seit wir hier sind, noch zweimal. Es ist also noch jemand im Gebäude."

"Ok, dann wollen wir mal." Peter ging zum Fahrzeug und öffnete die Klappe. Atlas wartete brav, bis er angeleint war, dann sprang er aus dem Auto.

Sofort begann er an der Leine zu ziehen, er wusste, was nun kommen würde.

"Wer von Euch begleitet mich als Sicherung," fragte er.

"Max wird mit Dir ins Gebäude kommen. Wir bleiben vorerst beim Eingang, bis zu uns nachziehst. Das Gebäude ist dreigeteilt, das heisst, wenn ein Teil abgesucht ist, kannst Du uns nachholen, wir sichern dann diesen Bereich ab."

Peter nickte und begab sich zur Türe, die durch das Aufbrechen ziemlich lädiert war.

Max hielt sich hinter ihm, er würde den Hundeführer sichern, der sich auf die Reaktionen des Hundes konzentrierte. Manchmal waren die Anzeigen der Hunde nicht eindeutig und daher war es wichtig, das Verhalten genau zu beobachten. Und in diesem Fall würde es sowieso besonders schwer werden, da in diesem Verkaufsgeschäft, dass in der Nähe des Schlachthofes liegt, Neben abgepacktem Fleisch in Grossportionen auch Wurstwaren und

Tierfutter verkauft wurde. Eben alles, was eine Metzgerei so brauchen kann.

Peter schob die Eingangstüre etwas auf, fasste Atlas am Halsband und nahm ihm die Leine ab.

"Rauskommen, Polizei oder ich schicke den Hund," brüllte er ins Gebäude. Atlas kannte das Ritual und begann zu bellen, wobei er wie verrückt am Halsband zerrte. Peter wartete ein wenig, dann wiederholte er den Anruf und als er dann ein drittes Mal rufen wollte, wie es die Vorschrift vorsah, bemerkte er eine Bewegung im Inneren des Gebäudes.

"Ich komme raus," jammerte eine Stimme aus der Dunkelheit. Peter leuchtete mit der Taschenlampe in die Richtung, aus der die Stimme gekommen war. Tatsächlich kam ein Mann langsam in seine Richtung, die Hände hoch erhoben.

"Kommen Sie raus!" Peter trat mit Atlas, der immer noch wie ein Berserker tobte, zwei Schritte zur Seite, so dass der Täter an ihm vorbei herauskommen konnte, ohne von Atlas gefressen zu werden. Ja genau, den Eindruck vermittelte der tobende Hund an der Kette.

Der Täter kam heraus und wurde von den Kollegen in Empfang genommen.

"War jemand bei Ihnen," fragte Peter, "oder sind sie alleine?"

Der Verhaftete zögerte mit der Antwort etwas zu lange, als dass es glaubwürdig gewesen wäre.

"Ich bin alleine."

"Tja, ich bin überzeugt, dass das nicht stimmt, also machen wir weiter," erwiderte Peter.

Erneut begab er sich zum Eingang und wiederholte das Ritual mit der Warnung. Dieses Mal regte sich nichts im Objekt, so dass Peter Atlas von der Kette liess und mit dem Befehl: "Suech de Glünggi" auf die Suche schickte.

Sofort trabte Atlas mit hoch erhobener Schnauze schnüffelnd in das Gebäude hinein und bewegte sich dabei von links nach rechts.

Immer mal wieder stellte er sich an den Regalen auf die Hinterläufe und schnupperte noch höher aber er zeigte nichts an. Peter rückte mit Max immer tiefer in den Raum vor. Mit der Taschenlampe leuchtete er zu seinem Hund, damit er ihn beobachten konnte. Schliesslich war der Eingangsbereich abgesucht und konnte von Peter als "gesichert" den Kollegen überlassen.

Von dieser kleinen Halle ging rechts und geradeaus eine Lagertüre ab. Diese bestanden aus zwei Plastikteilen, die automatisch auffuhren, wenn jemand in den Bereich davor trat. Als Atlas zu der Türe rechts kam, ging diese also auf und der Hund setzte die Suche im angrenzenden Raum fort.

Die beiden Polizisten rückten auch bis zu dieser Türe vor und als sie aufging, entschlüpfte Peter unbewusst ein Fluch.

In diesem, etwas kleineren Raum waren zwei Wände mit Kühlgeräten vollgestellt und an den anderen beiden normale Regale. Überall Fleisch, Wurst und ähnlich gut riechende Dinge.

"Wenn ich der Einbrecher wäre, würde ich mich hier hinter dem Fleisch verstecken," sagte Max sprach damit Peters Gedanken aus. Peter verfolgte Atlas mit den Augen, der an den Regalen entlang schnupperte. Aber er liess sich nicht von den verführerischen Düften ablenken. Unbeirrt steuerte er nach der Schnüffelrunde auf die zweite dieses Raums zu, die gleich beschaffen war, wie die soeben verwendete.

Peter konnte unschwer feststellen, dass es hier keine Versteckmöglichkeiten ergaben, daher liess er Atlas durch die zweite Türe in den dritten Raum vordringen. Hier befand sich das Hundeparadies! Hundefutter in Säcken auf Paletten, soweit das Auge reichte. Zugegeben, in der Dunkelheit war das nicht sehr weit aber doch.

"Meine Fresse, wenn wir hier etwas finden, ist es ein Wunder," sagte Max, der nicht das erste Mal als Sicherung des Hundeführers im Einsatz stand und die Schwierigkeiten kannte, die sich der Hundenase hier boten.

"Versuchen wir es," sagte Peter und beobachtete weiter den Hund, der sich zwischen zwei Paletten, die durch eine schmale Lücke getrennt, den Hund gerade so vom Durchgehen abhielten.

Aufgeregt versuchte der Hund in diese Lücke zu kommen und knurrte und bellte dabei wütend.

"Na wer sagt's denn," sagte Peter, "da ist was."

Peter begab sich zu dieser Lücke und leuchtete hinein. Tatsächlich waren hier 4 Paletten, voll mit Hundefuttersäcken, zusammengestellt worden aber nicht dicht an dicht. In der Mitte war ein kleiner Hohlraum entstanden und es war eine Person zu erkennen, die sich in diese schmale Lücke drückte.

Peter fasste Atlas, der sich kaum beruhigen konnte, an der Kette und zog ihn ein bisschen zurück. Max hatte inzwischen den Fund weiter gemeldet und ein weiterer Polizist stiess zu ihnen.

"Kommen Sie da raus, sonst hebe ich den Hund zu Ihnen hinein!" Peters Stimme liess keinen Zweifel, dass er das auch so meinte und der zweite Täter glaubte es ihm offensichtlich auch.

"Ich komme raus," sagte er und begann, auf den Stapel mit Hundefuttersäcken zu klettern. Langsam kam er herausgeklettert und ergab sich den Polizisten.

"Bringt ihn raus," befahl Peter, "ich will noch den Rest absuchen."

Der neu zugekommene Kollege hatte dem Täter die Handschellen angelegt und führte diesen nun aus dem Raum.

Peter kniete sich zu Atlas und sagte: "Los!"

Wieder kreiste Atlas um die Paletten Stapel, schnüffelte mal hoch, mal tief aber es liess sich nichts mehr finden.

Peter rief Atlas zu sich und wies Max an, ihn an der Kette festzuhalten. Dann ging er ein paar Schritte weiter, bog um die Ecke und steckte ein Spielzeug von Atlas, welches er unter seiner Jacke dabei getragen hatte, auf Hüfthöhe zwischen zwei Säcke, so dass es der Hund gerade noch erreichen konnte.

Atlas suchte also noch einmal und fand natürlich das Spielzeug, welches er sofort zurückbrachte.

Peter belohnte ihn, indem er mit ihm spielerisch um das Spielzeug kämpfte und Atlas dann gewinnen liess.

Schliesslich nahm er den Hund an die Leine und sie verliessen das Objekt wieder.

Draussen wurden noch die Eckdaten ausgetauscht, da Peter zwar keine Berichte zur Tat verfassen musste, wohl aber einen Einsatzbericht. Mit diesen wurden Ende Jahr die Hunde und Hundeführer ausgezeichnet.

Dann ging es wieder zum Auto und auf den Weg nach Hause. Das Bett wartete.

Atlas und der Schlüsselbund

Die Hundeübungen fanden zu jener Zeit vorwiegend in der Einflugschneise des Flughafens Zürich statt, dem sogenannten "Langen Zinggen". Viele der Hundeführer nutzten dann das Gelände auch, um privat mit dem Hund zu trainieren.

Einer der Hundeführer hatte die Idee, eine Suche nach Gegenständen zu trainieren und warf also seinen Schlüsselbund entlang eines Waldwegs seitlich ins Gebüsch, damit sein Hund diesen dann suchen konnte.

Schlüssel werden ja gerne verloren und es kam immer wieder vor, dass die Hunde für solche Aktionen eingesetzt wurden.

Es gibt zwei Methoden für diese Suche, die Wegrandsuche und die Reviersuche. Bei der Reviersuche wird das zur Suche vorgegebene Gelände jeweils mit 4 Fähnchen an den Ecken markiert, so dass das quadratische Suchgebiet erkennbar ist. So kann eine grosse Fläche eingeteilt werden, um mit mehreren Teams zu suchen, ohne dass zweimal das gleiche Gebiet abgesucht wird.

Diese Flächensuche verläuft ungefähr so:

Der Hundeführer suchte sich die Seite des Quadrats aus, von welcher er die Suche starten will. Dabei achtet er auf den Wind und die Bodenbeschaffenheit.

Nun schickte der Hundeführer von der Mitte dieser Seite seinen Hund abwechselnd nach rechts und dann nach links, um das Gelände systematisch abzusuchen. Nach jedem "Schlag" geht er dann einen Schritt auf der gedachten Mittelinie vor und wiederholt es. So kann in rund 10 bis 15 Minuten ein 100 x 100 m grosses Gebiet abgesucht werden.

In diesem Fall kam aber die sogenannte Wegrandsuche zur Anwendung. Hier lässt der Hundeführer beide Ränder des Weges vom Hund absuchen, wobei er sich langsam vorwärtsbewegt.

An diesem Tag aber hatte er Pech. Obwohl er zweimal den Wegrand absuchte, der Hund fand den Schlüssel einfach nicht.

Das war natürlich fatal, denn seine Haus- Auto- und sonstigen Schlüssel zu verlieren, nicht gut.

Schliesslich blieb ihm nichts anderes übrig, als selber um Hilfe zu suchen. Handys gab es zu dieser Zeit Gott sei Dank schon, so dass er wenigstens selber um Unterstützung telefonieren konnte.

Er wusste, dass Peter ganz in der Nähe wohnte und an diesem Tag auch frei hatte. Also los!

Er hatte Glück, Peter war zu Hause und machte sich sofort auf den Weg.

Nach rund 10 Minuten traf er bei Fritz ein und liess sich den Waldweg zeigen.

Peter holte Atlas aus dem Auto und ging zu der Stelle, die Fritz als Startpunkt angegeben hatte.

"Halte Altas fest, Fritz," sagte er und dieser tat wie geheissen und ergriff das Halsband. Nun ging Peter etwa fünfzig Schritte den Weg entlang, wobei er ein paarmal so tat, als würde er etwas in den Wald werfen. Dann ging er zu seinem Hund zurück, der bereits ganz aufgeregt am Halsband zerrte.

Er übernahm seinen Hund wieder von Fritz, kniete sich neben ihn und sagte: "Suuch Apporteli." Danach liess er das Halsband los.

Atlas begann, den rechten Wegrand mit der Nase abzusuchen. Die Schwierigkeit für die Hundenase bei dieser Arbeit liegt darin, dass oftmals solche Wegränder mit dutzenden von Duftmarken anderer Hunde "verziert" sind. Und das kann den Eigengeruch eines Schlüssels überdecken.

Während dieser Suche rief Peter immer mal wieder "Wechseln", worauf Atlas auf die andere Seite es Wegrandes wechselte und dort wieder zu ihm zurückkam. Dann rückte das Team einige Meter vor und die Suche ging weiter.

Nach rund 20 Metern zeigte Atlas an, dass er etwas witterte.

"Bring das Apporteli," rief Peter aber Atlas wollte das Gefundene partout nicht aufnehmen und zurückbringen.

"Ja, jetzt bin ich ja mal gespannt, was da liegt," sagte Peter und ging zu seinem Hund.

Er ging vorsichtig durch die Brombeerranken zu der Stelle, an der Atlas offenbar etwas gefunden hatte. Kaum zu sehen lag da... der Schlüsselbund. Und dicht daneben ein Hundehaufen.

"Schau Dir das an, Fritz," rief Peter. Fritz kam herbei und lachte laut los, als er die Situation erkannte.

"Da habe ich ja nochmal Glück gehabt, dass ich nicht voll getroffen habe," Fritz konnte sich fast nicht erholen.

Nun war beiden auch klar, warum der Hund von Fritz den Schlüsselbund nicht gefunden hatte. Der Hund war noch jung und in der Ausbildung und die Kombination von gesuchtem Schlüssel und Hundehaufen hatte ihn total irritiert. Nun konnte man die Gelegenheit nutzen, den Hund an die Situation heranzuführen. Also wurde Atlas wieder ins Auto verfrachtet, während Fritz sein Tier holte.

Er führte ihn zu der Stelle und leitete ihn an, mit der Nase zum Schlüssel zu kommen, indem er ihm immer wieder die Stelle zeigte und den Hund so die Situation näherbrachte.

Schliesslich holte er ihn wieder auf den Waldweg und liess ihn selber nochmal suchen und siehe da, er hatte es kapiert und holte den Schlüssel.

"Weisst Du, was der Unterschied zwischen Deiner und meiner Anwesenheit hier ist?" fragte Peter.

Fritz lachte los: "Natürlich, Du kannst jetzt Überzeit aufschreiben und ich nicht. Und einen Einsatzerfolg verbuchen."

Beide lachten und gingen zu den Autos zurück.

Pelas Geschenk

Manchmal übertrafen sich die Diensthunde mit humoristischen Einlagen selber. Pauls Hund Pela war aufgeboten worden, eine Einkaufsmall abzusuchen, bei der der Einbruchalarm losgegangen war. Viele solcher Einrichtungen sind nachts geschützt und mit Alarmanlagen versehen.

Vor Ort warteten die Kollegen mit dem Nachtwächter vor dem Eingang zur Mall im Untergeschoss. Die Zugänge mündeten alle von der Tiefgarage in die Mall. Peter, damals noch nicht Hundeführer, begleitete Paul in die Mall zur Suche nach dem Grund für den Alarm.

"Ich bin durch die Mall zur Türe gekommen und dort ist mir nichts aufgefallen. Nur beim Verkaufsgeschäft X im OG steht eine der Glasschiebetüren offen," erzählte der Nachtwächter.

Paul, der als Hundeführer vor Ort die Leitung des Einsatzes übernommen hatte, entschied, dass er den Hund zuerst in der Mall kreisen lassen wollte und dann zu der entsprechenden Türe vorzurücken. Peter übernahm die Sicherung des Hundeführers. Da alles hell erleuchtet war, konnte auf die Taschenlampen verzichtet werden.

Die Mall war vielleicht 60 Meter lang und 20 Meter breit und ringsum waren die Verkaufsgeschäfte und Imbissstände angeordnet, nachts mit gläsernen Schiebewänden von der Mall abgetrennt. Die oberen Geschosse hatten keine durchgehende Mall mehr, sondern eher eine Art Terrasse, rund herumlief. In der Mitte überspannte jeweils eine Art Brücke den freien Raum. Diese diente als Zwischenstation für die Rolltreppen, die sich vom Untergeschoss bis zum Obergeschoss zogen.

Paul beorderte zwei Kollegen zu den Lifts, als er das Untergeschoss abgesucht hatte. Sie sollten verhindern, dass ein Einbrecher die Lifts benutzen konnte. Er selber gelangte mit Pela und Peter über die stillstehende Rolltreppe ins Erdgeschoss.

Auch hier kreiste Pela durch die Mall, zeigte aber nichts an. Die Luft war rein, im wahrsten Sinne des Wortes.

Wieder ging es über die Rolltreppe nach oben, ins Obergeschoss. Perla zeigte auch hier nichts an und sie rückten zur offenen Glaswand vor.

Während Paul Perla aus einer mitgebrachten Wasserflasche zu trinken gab, untersuchte Peter die Kanten der Glasscheibe und den Verschluss.

"Da ist nichts beschädigt," meinte er schliesslich. Also keine Einbruchsspuren.

Paul setzte Perla beim Durchgang an, und mahnte dreimal ab, wie es Vorschrift war, bevor er sie in die Verkaufsräumlichkeiten schickte.

Wie es bei solchen Lokalen üblich ist, stehen die Regale für die Auslagen überall herum, so dass sie den Hund bald nicht mehr sehen konnten. Aber sie würden sie hören, sollte sie etwas feststellen.

Langsam rückten sie zwischen den Regalen vor, immer die Blicke am Schweifen.

Plötzlich kam Perla schwanzwedelnd auf sie zu. Im Maul trug sie einen Teddybären.

"Ja das war ja klar", stöhnte Paul und nahm ihr den Teddy ab. Wieder schickte er sie auf die Suche aber es gab keine Anzeige. Zur Sicherheit kontrollierten die beiden noch alle Türen, die vom Verkaufsraum abgingen aber es war nichts festzustellen.

Hier handelte es sich um einen Fehlalarm, wie er halt auch häufig vorkam.

Als sie sich sicher sein konnten, dass kein Einbruch vorlag, blieb Paul nur noch, den "Fall Stofftier" zu erledigen.

Sie gingen zu der nächstgelegenen Kasse. Paul schrieb ein paar Zeilen auf einen Zettel und legte diesen, zusammen mit dem Stofftier und einer Visitenkarte, neben die Kasse. "Ich werde morgen nochmal herkommen und das Stofftier kaufen müssen," sagte er und zuckte mit den Schultern.

Dazu kam es dann aber nicht ganz. Wie später bekannt wurde, hatte die Leitung des Geschäfts das Spielzeug Pela zum Geschenk gemacht.

Koliken

Fritz und Peter tuckerten gemütlich die Langstrasse entlang, als sich die Zentrale meldete.

Peter nahm den Funkruf an, da Fritz am Fahren war.

"Verstanden, Antworten."

"Fahrt an den Urselweg, da sitzen auf einer Bank zwei verdächtige Personen. Die Meldung kommt von einer Anwohnerin. Sie kann aber keine genaueren Angaben machen, da es ziemlich dunkel ist da."

"Verstanden, am Urselweg hat es zwei verdächtige Personen." Er liess die Sprechtaste los und meinte zu Fritz: "Natürlich ist es dunkel da um diese Tageszeit. Weisst Du wo das ist?"

"Nein," sagte Fritz, "keine Ahnung."

Peter klaubte also den Stadtplan heraus und suchte im Schlagwortverzeichnis nach der gesuchten Strasse. Dann blätterte er auf das entsprechende Blatt und stellte mit Hilfe der im Verzeichnis genannten Koordinaten die Lage der gesuchten Strasse fest. "Oh mein Gott," sagte er, als er das Gesuchte gefunden hatte. "Das sieht aus wie ein Fussweg entlang der Bahnlinie vom Bahnhof Wiedikon zum Hauptbahnhof. Beginnt an der Ecke Badener- Pflanzschulstrasse und endet an der Kanzleistrasse. Welche Seite willst Du anfahren?"

"Ich denke, von der Badenerstrasse her macht's mehr Sinn."

Fritz kutschierte also zur Badenerstrasse, fuhr diese ein Stück stadtauswärts und bog dann rechts in die Pflanzschulstrasse ein. Gleich danach ging der Urselweg links ab. Zu ihrer Erleichterung war der Weg asphaltiert und breit genug, dass sie mit dem Streifenwagen hineinfahren konnten.

Nach etwa hundert Metern erkannten sie zwei Personen, die sich auf eine der Parkbänke gesetzt hatten. Sie fuhren bis zu dieser Bank und stiegen aus.

"Guten Abend," sagte Peter, als er auf die beiden zu ging. Einer der beiden sprang sofort auf und rannte über die Rasenfläche, die zu den Häusern führte. Damals hatte es, nicht wie heute, noch eine grosse, freie Rasenfläche hinter der ersten Hausreihe.

Fritz ging sofort zum zweiten Mann und legte ihm die Handschellen an die eine Hand und an die Armstütze der Parkbank an. So war gesichert, dass er nicht auch noch davonrannte. Gleichzeitig war Peter zur Heckklappe gegangen und hatte Atlas ausgeladen.

Fritz informierte die Zentrale über die Ereignisse und bat um Unterstützung. Sofort meldeten sich mehrere Einsatzfahrzeuge, die ihnen zu Hilfe kommen würden, teilweise von der anderen Seite der freien Fläche, um dem Flüchtenden den Weg abzuschneiden.

Peter hatte inzwischen den Flüchtenden angerufen und schrie: "Stehenbleiben oder ich schicke den Hund." Natürlich keine Reaktion. Also liess Peter seinen Hund von der Kette. Dieser raste davon und folgte dem Flüchtenden, der von den Lampen der Hauseingänge, gerade noch zu erkennen war.

Peter setzte an, dem Hund nachzurennen, als er einen unterdrückten Schrei hörte. Er sah sich um und konnte gerade noch sehen, wie Fritz neben dem Streifenwagen zusammensackte und sich dann auf dem Boden krümmte.

"Hey, was ist los, Fritz," fragte Peter und beugte sich zu ihm.

"Ich glaube, ich habe eine Kolik," sagte Fritz, "ruf mir bitte Hilfe und dann mach, dass Du den Kerl einholst.

Peter nickte, drehte sich um und rannte in der Richtung in der er Atlas hatte rennen sehen. Während er rannte, informierte er die Zentrale über das Missgeschick von Fritz und dass er medizinische Hilfe brauche.

Unterdessen hörte Peter aus zwei Richtungen seine Kollegen schreien: "Halt, Polizei." Auch Atlas bellte kurz aus der einen Richtung und Peter rannte so schnell er konnte in diese Richtung. Er konnte, als er um das Haus gebogen war, mehrere Taschenlampen erkennen und lief in diese Richtung.

Was er da sah, liess ihn Staunen. Zwei Kollegen waren gerade dabei, dem geflüchteten Mann die Handschellen anzulegen, während Atlas zwei Meter daneben lag und die Szene beobachtete.

"Dein Hund ist genial," sagte Roland, der danebenstand und sich jetzt auf Peter zu bewegte. Peter rief Atlas ab und legte ihm die Leine an.

"Was ist denn hier abgegangen?"

Roland, der auch schon mit Peter Streife gefahren war und daher Atlas kannte, erzählte ihm nun, was er erlebt hatte.

Er war von der anderen Seite an die freie Fläche gefahren und als er ausgestiegen war, sah er den Flüchtenden schon angerannt kommen, dicht dahinter Atlas. Also rief er den Mann an und der schien einzusehen, dass es wohl kaum ein Entkommen geben würde. Also blieb er stehen und hob die Hände.

Atlas, der schon zum Sprung angesetzt hatte, bremste ab und begann, den Verdächtigen zu verbellen, wie es in Fachkreisen genannt wurde. Das heisst, er setzte sich vor den Täter und bellte ihn an. Roland war dann auf die beiden zugegangen und Atlas einen braven Hund genannt. Dann konnte er ihm ohne weiteres die Handschellen anlegen.

In dem Moment war Peter dazu gestossen. Er schilderte, was mit Fritz passiert war und bat Roland, den Täter zu übernehmen, damit er sich um seinen Partner kümmern könne. Roland willigte ein und Peter eilte zum Streifenwagen zurück, wo sich der zweite Täter immer noch gut gesichert aufhielt und Fritz, der noch immer auf dem Boden lag.

Peter lud Atlas in den Streifenwagen und bestellte einen Arrestantenwagen für den zweiten Verdächtigen. Dann konnte er sich endlich um seinen Partner kümmern.

Fritz' Gesicht war schmerzverzerrt und er stöhnte. Peter konnte nicht viel mehr tun, als bei ihm zu knien und mit ihm zu reden. Schliesslich flackerte es blau und der Krankenwagen kam ebenfalls diesen Weg entlanggefahren.

Fritz wurde eingeladen und Peter fuhr mit dem Streifenwagen in die Wiese, um den Sanitätern den Weg freizugeben.

Als dann auch der Kastenwagen eingetroffen war, liess sich Peter die Handschellen des Angebundenen übergeben. Die Kollegen würden sich um die beiden Verdächtigen kümmern, er selber fuhr nun auch zum Krankenhaus um zu sehen, wie es seinem Partner ging. Und um ihm seine Handschellen wieder zurück zu bringen.

Atlas und das "Quitscheentchen"

Während einer Stage in der Kripo war Peter auch dem sogenannten Detektivbüro zugeteilt. Hier arbeiteten die Sachbearbeiter der Kriminalpolizei, wenn sie dazu eingeteilt waren, anstelle ihrer angestammten Büros. Von hier aus rückten die Detektive aus, wenn Ihr Einsatz gefordert war, beispielsweise bei Gewaltverbrechen, Bränden und ähnlichen Vorfällen.

Peter war für diesen Nachmittag einer zivilen Patrouille zugeteilt, die an der Langstrasse nach dem Rechten sehen sollten. Zu dritt, Andreas, Melanie und Peter, gingen sie also an die Langstrasse. Atlas durfte natürlich auch mit.

Sie gingen langsam die Langstrasse entlang, sprachen hin und wieder bekannte Gestalten aus dem Milieu an oder besuchten Verkaufsgeschäfte oder Bars, die tatsächlich schon offen hatten.

Peter hielt sich mit Atlas dabei im Hintergrund, da Atlas manchmal auf suspekte Personen reagierte und Peter sich auf das konzentrieren wollte. Es konnte ja nicht der Sinn sein, dass etwas Ungewolltes passierte.

Nach einiger Zeit steuerte Andreas in einen Sexshop. Diese Geschäfte werden regelmässig kontrolliert, da die Kunden nicht immer die bravsten sind, auch zum Schutz auch des Personals.

Peter blieb mit Atlas beim Eingang stehen, während sich die beiden Kollegen im Geschäft umsahen. Schliesslich ergab sich dann ein Gespräch mit der Inhaberin.

Sie hatte offensichtlich Freude an Atlas und wollte ihn unbedingt streicheln, was ihr natürlich gewährt wurde.

"Darf ich ihm ein Spielzeug geben," fragte sie. Peter überlegte, was sie wohl als Spielzeug vorrätig hätte und nickte.

Sie holte aus einer Schublade das Spielzeug heraus und Peter konnte nur noch den Kopf schütteln.

Es handelte sich um einen überdimensionierten Gummipenis der offenbar hohl war und beim zusammendrücken quitschte.

"Na, was soll's," dache Peter und langsam begann er sich zu amüsieren, als Atlas auf diesem Ding herumkaute und es kreischende Quitschgeräusche von sich gab.

Als sie dann den Laden verlassen hatten und weiter durch die Langstrasse gingen, trug Atlas sein neues Spielzeug stolz in der Schnauze mit. Immer mal wieder kaute er darauf herum, was die Passanten aufmerksam machte und von konsternierten Blicken bis zum amüsierten Schmunzeln alles auslöste, was an Emotionen im Gesicht abzulesen ist.

Schliesslich machten sie sich wieder auf den Rückweg ins "Mutterhaus". Als sie von der Kanonengasse in die Zeughausstrasse einbogen, sahen sie zwei Männer die gerade in einem Hinterhof verschwanden.

"Seltsam," sagte Andreas, "die schauen wir uns an." Zielstrebig gingen sie zum besagten Zugang zum Hinterhof und fanden statt zwei fünf Männer vor, die da beisammenstanden.

Andreas ging auf sie zu, während Peter etwas zurückblieb. Atlas hatte bereits realisiert, dass sich etwas anbahnte und zog wie wild an der Leine. Dazu bellte er wild.

113

Peter konnte nicht hören, was Andreas und Melanie mit den fünf Personen sprach, zu laut hallte das Gebell von Atlas in diesem Durchgang.

Das Bellen aber zeigte Wirkung. Die Männer schielten immer wieder auf den Hund aber keiner traute sich, eine unbedachte Bewegung zu machen oder gar weg zu rennen.

Andreas sammelte die Ausweise der fünf ein. Er reichte sie an Melanie weiter, die über Funk die Personalien abklärte. Offenbar waren die Informationen nicht zum Vorteil der Männer, jedenfalls banden Andreas und Melanie je zwei mit den Handschellen zusammen.

Da sie nur rund 100 Meter vom Kripohaus entfernt waren, hatten sie sich entschlossen, die Verdächtigen zu Fuss dort hin zu bringen. Andreas fasste den letzten am Arm und Melanie leitete die anderen, bis sie schliesslich in einer Kolonne in Richtung Mutterhaus gingen. Es sah aus wie beim Einzug des Zirkus Knie in die Stadt mit dem Elefantenzug, vom Tiefenbrunnen zum Sechseläutenplatz.

Peter ging am Schluss und hatte so die ganze Kolonne im Blick, so dass sie schön brav in der Kolonne mitmarschierten.

Schliesslich betrat die Kolonne durch die Schleuse den Vorraum und den Korridor zum Grossbüro. Hier wurden die fünf an der Wand aufgereiht und während Peter sie bewachte, einzeln von Andreas zur Leibesvisitation abgeholt und anschliessend ins Wartezimmer gebracht.

Melanie klärte in der Zwischenzeit genauer ab, was mit den Verdächtigen faul war.

Am Schluss trafen sie sich im Grossraumbüro und besprachen das Resultat und weitere Vorgehen.

114

Zwei der Personen hatten Gerichtsdokumente nicht abgeholt, die man ihnen hatte zustellen wollen. Das konnte direkt organsiert werden.

Einer war zur Verhaftung ausgeschrieben und die anderen beiden hatten nichts offen, waren aber ohne festen Wohnsitz.

Sie teilten sich die zu erledigende Geschäfte zu und begannen mit dem Papierkram.

Aus der Patrouille war doch noch etwas Brauchbares hervorgegangen.

Erst jetzt fiel Peter auf, dass es nicht mehr quitschte und er sah sich nach Atlas um. Aber das Spielzeug war weg. Peter fasste nach der Leine von Atlas, der unter dem Bürotisch ein Nickerchen machte und ging mit ihm noch einmal den Weg, den sie gekommen waren. Aber leider war es nicht mehr zu finden. Vermutlich hatte es jemand bereits gefunden und mitgenommen.

Wie gewonnen so zerronnen, dachte er und machte sich wieder zurück ins Büro und an die Schreibarbeit.

In der Luft

Als Polizist hat man die seltene Gelegenheit, für die nationale Fluggesellschaft, die Swissair, zu fliegen und zwar in der Funktion des «Flugsicherheitsbeamten», als Air Marshal.

Natürlich sollen auch Geschichten aus dieser Zeit nicht zu kurz kommen. Und auch amüsante Episoden, die sich an den Destinationen abgespielt haben.

Auf nach Monrovia

Der Tunnel erstreckte sich hell erleuchtet vor ihm. Ein Durchgang direkt vom Parkhaus zum Operationscenter.

Peter ging durch den Tunnel, wobei sein Rollkoffer auf dem rauen Belag ein munteres Liedchen brummte. Er warf einen prüfenden Blick an sich hinunter, Business-Anzug mit Krawatte, der Badge, der als Ausweis, Zutrittsberechtigung und Crewkreditkarte diente, vorschriftsgemäss an seiner linken Brust baumelnd.

Schliesslich stand er vor der Zugangstüre des Operation Center, OP, wie es vom fliegenden Personal auch kurz genannt wurde und stellte die mitgetragene Tasche, den sogenannte Crewbag ab. Dann schob er seinen Badge in den Kartenleser.

Die Türe öffnete sich und er trat ins Untergeschoss des Gebäudes, in welchem sich die Crews der Flugzeuge jeweils mindestens eineinhalb Stunden vor dem Start versammelten.

Peter leistete Einsätze als Sicherheitsbeamter an Bord von Linienflugzeugen und daher musste er nicht, wie beispielsweise die Piloten, noch früher bereit sein. Je nach Ziel

116

des Flugs musste er ein bis zwei Stunden vor dem Start gemeldet sein. Nicht alle Flüge wurden vom Bundesamt für Verkehr, welches diese Sicherheitsmassnahme angeordnet hatte und auch finanzierte, als gleich gefährdet eingestuft und so war vor den einzelnen Flügen mehr oder weniger zu tun für den Sicherheitsmann.

Er ging durch den grossen Raum zum Crew-Controller an seinem Schalter und meldete sich für den Flug anwesend. Das war dringend notwendig, damit man auch kurzfristig noch Ersatz hätte anfordern können, wenn sich ein Besatzungsmitglied nicht bis zur vorgeschriebenen Zeit gemeldet hatte. Dann ging er zu den an der Wand stehenden Tischen, auf welchen Computerterminals standen.

Er parkierte seinen Koffer neben dem Tisch und setzte sich ans Terminal. Hier konnte er mit der Flugnummer, welche er seinem Flugplan entnommen hatte, alle für ihn relevanten Daten für den Flug abrufen.

Dazu gehörten beispielsweise die Liste der Mannschaft, die Bezeichnung des Briefingrooms, wo sich die Besatzung zur Besprechung vor dem Flug traf und auch einige Hinweise über die Destination.

Er druckte die Liste aus und ging in den, dem Zugang gegenüberliegenden Gang zu den Briefingrooms. Beim ersten Raum handelte es sich um das sogenannte Tiger-Zimmer, wo die neuesten Informationen für die einzelnen Flugziele bereit lagen, so dass sich der Sicherheitsbegleiter über allfällige Gefahren und wichtige Anordnungen im Sicherheitsbereich informieren konnte.

Anschliessend ging er weiter den Gang entlang und kam zum angegebenen Briefingroom.

Die Türe war nur angelehnt und dem Stimmengewirr zu entnehmen, bereits einige der Besatzung bereits anwesend.

Peter betrat den Raum, in dem 14 Stühle, im Halbkreis angeordnet, und ein kleiner Tisch an einer Wand die einzige Einrichtung darstellte.

Im Raum sassen bereits drei Frauen, alles Flugbegleiterinnen, wie er an den Uniformen erkennen konnte.

Peter trat zu ihnen und grüsste sie, indem er sich gleich vorstellte. Die Frauen waren alle im Alter von 25 bis 30 Jahren, und begrüssten Peter genau so freundlich.

Peter war immer wieder positiv überrascht, wenn er eine neue Crew kennen lernte, denn man hatte ihm vor Beginn seiner Tätigkeit als Flugsicherheitsbegleiter oft gesagt, dass viele Besatzungen mit den Anhängseln, der Sicherheitsbeamte hatte nun mal keine weitere Funktion in der Besatzung, mit Misstrauen oder sogar Ablehnung aufgenommen würden. Schliesslich flog der Tiger, wie sie auch genannt wurden, im Flugzeug als Passagier mit, jedenfalls für die anderen Passagiere und stellte so für die Flugbegleiterinnen jeweils zusätzliche Arbeit dar. Er war für die Frauen auf den ersten Blick als Tiger erkennbar, denn als Einziger in der Gruppe trug er nur bei Landungen im Ausland eine Uniform der Fluggesellschaft, ansonsten reiste er in Zivil.

Nach und nach kamen noch weitere Mitglieder der Besatzung dazu, bis schliesslich alle sieben Damen und Herren der Kabinenbesatzung vollständig anwesend waren.

Die so genannte Maître de Cabin, die in ihrer Funktion die Chefin der Kabinencrew war, ergriff das Wort.

"Grüezi mitenand", begann sie, "bitte setzt Euch."

Die Anwesenden nahmen Platz und sie fuhr fort: "Wir fliegen also heute nach Monrovia, von dort werden wir nach Brazzaville überführt und von dort aus fliegen wir dann wieder zurück nach Hause."

Die Maître de Cabin hatte die Route vermutlich nur für Peter so detailliert dargelegt, denn die Sicherheitsbegleiter waren meist nur zwei Monate im Einsatz und gingen dann wieder in ihrem angestammten Beruf als Polizist ihrer Tätigkeit nach. Die übrigen Besatzungsmitglieder kannten die Gepflogenheiten der einzelnen "Rotationen" wie solche Flugeinsätze genannt wurden, meist bereits aus eigener Erfahrung.

Die Maître fuhr mit ihrer Einführung für den Flug fort und teilte auch den einzelnen Besatzungsmitgliedern ihre Funktion für den Flug mit: Galley in der Firstclass, in der Businessclass oder in der Economy. Sie würden mit einer DC 10 fliegen, so dass die Einteilung im Flieger wie folgt war: Vorne die First-, in der Mitte die Business- und hinten die Economy-Class.

Peter bekam als Aufenthalt den Platz 4 Bravo zugeteilt, was bedeutete, dass er auf dem Flug in den Genuss des Erste-Klasse-Menüs kommen würde, denn dieser Sitz lag in der 4 Reihe der First-Class. Der Tiger verhielt sich ja wie ein normaler Passagier und je nachdem, wo er zu sitzen hatte, auch das entsprechende Menü und den dazugehörigen Service.

Da bei der DC 10, die bei dieser Fluggesellschaft neben der Boeing 747 Jumbo-Jet als Langstreckenflugzeug im Einsatz war, die erste Klasse direkt hinter dem Cockpit lag, nahm er auch dort seinen Platz ein.

Bei den Jumbos der Swissair war es anders, denn da lag das Cockpit im Oberdeck, wo bei diesen Modellen die Economy-Class lag und somit befand der Sitzplatz des Begleiters halt in der «Holzklasse».

Peter war froh, denn in der Economy oder Holzklasse, wie sie von den Crewmitgliedern teilweise scherzhaft genannt wurde, waren die Sitzverhältnisse für einen Mann seiner Grösse eher beengt. Dieses Problem würde er aber auf diesem Flug nicht haben.

Zudem erfuhr er, dass für den Flug kein zweiter Tiger würde zur Verfügung stehen, da der eingeteilte Mann krank geworden war und kein Ersatz aufgeboten werden konnte. Da Monrovia nicht als besonders gefährdete Destination galt, war diese Entscheidung der Flugleitung akzeptabel.

Da war er direkt noch froh, nicht den Jumbo alleine checken zu müssen, das wäre eine Heidenarbeit gewesen und hätte, wegen der damit verbundenen Zeitverzögerung mit Sicherheit das Missfallen des Captains, der immer das OK des Tigers abwartete und erst dann losrollen konnte, hervorgerufen.

Die Maître de Cabin oder MC, wie die Funktion auch genannt wurde, beendete die Einweisung mit dem Hinweis, dass die Cockpitbesatzung auch noch zum Briefing stossen würde. Das war dem Ermessen des jeweiligen Captains überlassen, ob er die Kabinencrew beim Briefing sehen wollte oder ob er im Flugzeug selber dann noch kurz ein paar Worte an sie richtete.

Der Captain und sein Co-Pilot hatten ja vor dem Flug allerhand zu tun und da konnte es durchaus vorkommen, dass die Zeit einfach nicht mehr reichte.

Dieses Mal reichte sie und der Captain trat, gefolgt vom Co-Piloten und dem Flugingenieur, fünf Minuten später in den Briefing-Room.

"Guten Morgen", begrüsste der Captain die Anwesenden, "mein Name ist Franz Huber und dies ist mein Co-Pilot Peter Meier und unser Flugingenieur Walther Weiler." Dabei wies er auf seine Begleiter. "Bitte nennt mich Franz."

"Guten Morgen zusammen", tönte es aus der Runde.

Der Captain und unumstrittene Chef eines Flugzeugs erklärte jetzt der Crew, wie der Flug ablaufen würde, wann man auf welcher Höhe fliegen werde und wie lange es bis zum Ziel dauern würde.

"Wir werden unterwegs und auch beim Aufenthalt sicher noch Zeit haben, uns besser kennen zu lernen", schloss er seine Einweisung. Anschliessend wandte er sich an den Co-Piloten: "Peter, hast Du noch etwas hinzu zu fügen?"

"Ja, ich möchte Euch bitten, mich Peter zu nennen und dann hätte ich noch die Bitte an den Tiger, ah, das bist Du, komm doch bitte, wenn wir auf Reiseflughöhe sind, noch rasch zu uns ins Cockpit."

"Ja genau", setzte Franz hinzu, "das habe ich ja noch ver gessen, gibt es irgendwelche wichtigen Infos von uns aus Sicht von Dir, ähh.. " er zog die Besatzungsliste zu Rate, ".. Peter, Infos bezüglich der Destination?"

"Nein, Franz", antwortete Peter und lächelte dabei. Es war immer wieder schön zu erleben, wie er in seiner Funktion von der ganzen Crew akzeptiert wurde. Irgendwelche Ressentiments oder Ablehnung, wie man ihm erzählt hatte, konnte er nie feststellen.

" Die Destination ist "sauber" und ich komme dann noch zu Euch ins Cockpit."

Franz blickte in die Runde. "Hat irgend jemand noch etwas beizufügen? Ah ja, ich esse heute den Fisch und Peter, also der Copi," setzte er mit einem Grinsen hinzu, "wenn ich es richtig im Kopf habe, nimmt Braten."

Da sich niemand mehr aus der Runde meldete, hob Franz seinen dicken Pilotenkoffer wieder vom Boden und sagte: "Ja, dann wollen wir mal."

Danach ging er aus dem Raum, gefolgt vom Copiloten Peter, der ebenfalls seinen Pilotenkoffer wieder an sich genommen hatte und dem Rest der Besatzung.

Die Piloten hatten ihr Reisegepäck bereits vorher bei der Grenzwache, im Ausreiseraum, deponiert gehabt, bevor sie ihre Runde im Operationscenter machten, so gingen sie nur mit den Pilotenkoffern beladen, voraus und die Karawane kofferziehender Leute folgte ihnen. Fröhliches Geschwätz unter den Besatzungsmitgliedern zeigte, dass sich alle auf den Flug freuten.

Die Ausreise der Besatzung am Heimatflughafen findet nicht in den Terminals statt, wie bei den Passagieren, sondern direkt im Operationscenter, wo sich ein direkter Ausgang zum Flugfeld, dem Tarmac, befindet. Dort gibt es einen Schalter der Grenzwache, an dem sich die Besatzung bei der Ausreise den Pass zeigen muss. Bei der Rückkehr von einem Flug und damit bei der Einreise werden in Stichproben das Gepäck einzelner Besatzungsmitglieder kontrolliert, denn im Gegensatz zu normalen Passagieren durften zu dieser Zeit von den Besatzungen nur Souvenirs ohne Beschränkung mitgebracht werden. Das meiste sonst war entweder zollpflichtig oder aber schlicht nicht erlaubt.

Dass dies die Besatzungen genau einhielten, wurde sehr streng kontrolliert und drakonisch waren die Strafen, die auf einen Verstoss standen.

Die Karawane bewegte sich am Schalter vorbei, wobei jeder rasch anhielt und seinen Pass zeigte, dann durch die Glastür auf den Tarmac hinaus, wo ein Bus bereitstand.

Der Bus brachte sie zum am Dock A stehenden Maschine und hielt unterhalb des Dockauslegers an.

Dort stapelte die Besatzung ihr Gepäck in einen bereitstehenden Container und stieg dann, durch eine Türe am Fuss des Dockauslegers über die Treppe zur eigentlichen Gangway hoch.

In der Kabine verstauten alle ihr Handgepäck, welches normalerweise aus dem so genannten "Crewbag" bestand und das nötigste für eine oder zwei Übernachtungen enthielt.

Peter war schon froh über diese "Notwäsche" gewesen, als man sein Gepäck beim Flug von Bangkok nach Bombay, das heute Mumbai heisst, vergessen hatte auszuladen. Sein Koffer war im Flieger gelassen und direkt nach Zürich geschickt worden und er hätte sonst ohne Kleider dagestanden. Peter hatte ausser seiner Crewbag noch einen Kleidersack dabei, in dem sich eine Crewuniform befand. Im Ausland musste er diese Uniform tragen, da er sonst nicht hätte als Besatzungsmitglied einreisen können. Er wurde nämlich in der Besatzungsliste nicht als Sicherheitsmann, sondern als "Loading Master" geführt, damit es bei Ländern, die das nicht akzeptierten, nicht zu Problemen führte.

Peter deponierte seine Tasche und den Kleidersack im Overhead-Rack über seinem Sitz und verliess das

Flugzeug wieder auf dem gleichen Weg. Unten auf dem Tarmac machte er einen Kontrollgang ums Flugzeug und achtete dabei vor allem auf Leute, die nicht zur Bodencrew gehörten. Solche hatte es immer beim Flugzeug, hier auf dem Heimatflughafen weniger als teilweise im Ausland, wo man oft das Gefühl hatte, da seien halbe Dörfer um die Flieger versammelt. Dann kontrollierte er noch den Verlad des Crew-Gepäcks und ging dann wieder ins Flugzeug zurück.

In der Flugzeugkabine kontrollierte Peter dann alle Gepäckfächer und sonstige Ablagemöglichkeiten, auch die Toiletten des Flugzeugs, auf deponierte Gegenstände. Man glaubt nicht, wie viele, auch verborgene, Fächer so ein Flugzeug hat.

Als er dann fertig war, setzte er sich in der ersten Klasse in seinen Sessel und schon bald würden die ersten Passagiere ins Flugzeug kommen.

Die erste Klasse war meistens halb leer und so hatte er auch auf diesem Flug in der gleichen Sitzreihe keinen weiteren Passagier. Das hatte er aus der Passagierliste und es war ihm soweit ganz recht, denn so konnte er Fragen von Mitreisenden ausweichen. Man glaubt gar nicht, wie neugierig Menschen sein können und auf Reisen scheint diese Neigung noch um ein Vielfaches stärker zu werden. Ausserdem reisten vor allem in der First-Class immer wieder die gleichen Menschen und die wussten bald einmal, wer der Typ auf dem besagten Sitz war. Es gab sogar Passagiere, die explizit neben dem Tiger sitzen wollen.

Peter ging durch den Gang ganz nach vorne wo sich die Küche der ersten Klasse, die Gally und anschliessend ganz vorne im Flugzeug, das Cockpit befand. Er klopfte an die

Cockpittüre und wartete, bis der Summer ertönte und die Türe entriegelt wurde.

Seit die palästinensischen Terroristen in den siebziger Jahren Flugzeuge entführt hatten, war die Cockpitwand und die Türe verstärkt worden und durch eine elektrische Schliessanlage gesichert. In neueren Flugzeugen war teilweise sogar eine Bildüberwachung der Türe eingebaut, damit die Piloten jederzeit die Kontrolle hatten, wer zu ihnen kommen wollten.

Peter trat ins Cockpit und trat hinter die Piloten: "Aussen alles in Ordnung, Captain, unser Gepäck ist an Bord."

Der Captain, der mit seinem Co-Piloten und dem Flugingenieur die Checklisten abarbeitete, drehte sich halb um und erwiderte: "Danke, Peter, wir sehen uns dann später nochmal."

Peter drehte sich wieder um und verliess das Cockpit. Dann begab er sich zu dem Ort im Flugzeug, wo die Waffe des Tigers in einem Tresor aufbewahrt wurde. Natürlich darf hier nicht erwähnt werden, wo sich dieser Tresor befindet. Peter zückte seinen Schlüsselbund und öffnete den Tresor. Er holte die Pistole aus dem Gelass und verschloss es wieder.

Dann begab er sich in die Toilette des Flugzeugs, die einzige, die eine Panzerplatte in der Wand eingebaut hatte. Man hatte dies machen müssen, nachdem sich einmal bei einer defekten Waffe ein Schuss gelöst und die Wand durchschlagen hatte. So konnte das nicht passieren. Peter kontrollierte seine Waffe, die Mündung auf die Panzerplatte gerichtet und lud sie durch. Somit war er einsatzbereit für den Flug.

Er begab sich wieder in die erste Klasse und setzte sich auf den zugeteilten Sitz. Obwohl er die Anweisungen mittlerweile in- und auswendig kannte, holte der die Sicherheitsbroschüre aus der Sitztasche und legte sie neben sich auf den Nebensitz. Es konnte natürlich gut sein, dass die zusteigenden Passagiere merkten, dass hier schon ein Passagier ohne mit ihnen durchs Check-In gegangen zu sein, im Flugzeug sass. Mit der herausgelegten Broschüre erweckte er den Eindruck eines normalen Passagiers, der sich über die Bestimmungen schlau gemacht hatte. Auch damit konnte er unter Umständen Fragen aus dem Weg zu gehen, weil die allermeisten Passagiere nach dem Platznehmen die Broschüre lasen.

Ein dezentes Ding Dong erfüllte die Kabine und die Stimme der MC verkündete: "Die Passagiere steigen jetzt ein, bitte bereit machen."

Die MC und zwei weitere Flugbegleiterinnen nahmen bei der Türe Aufstellung um die Passagiere zu begrüssen und zu den Sitzen einzuweisen.

Peter sass entspannt in seinem Sessel. Nach nunmehr fast zwei Monaten täglichen Fliegens hatte er sich an die Umstände gewöhnt und konnte jeden Moment geniessen.

Nach und nach trafen auch einige Passagiere in der ersten Klasse ein und nahmen Platz. Die Flugbegleiterin der Firstclass ging zu jedem hin, begrüsste ihn, fragte nach dem Befinden und nach seinen Wünschen betreffend des Willkommensgetränks. In der Firstclass bekamen die Passagiere, wie auch in der Businessclass Champagner zur Begrüssung, nur konnten die Passagiere der Firstclass aus verschiedenen Marken auswählen. Die Flugbegleiterin rollte dazu einen kleinen Servicewagen aus dem Gally in die Passagierkabine und hielt bei jedem Passagier an. Man muss es einmal erlebt haben, wie der Service in der ersten Klasse abläuft, um es wirklich glauben zu können. Bei der Swissair hätte sich so manches Sterne-Restaurant noch etwas abschauen können!

Schliesslich waren die Passagiere alle an Bord und die Flugbegleiterin rollte den Servicewagen wieder ins Gally zurück. Für den Start mussten alle losen Gegenstände gesichert sein.

Die MC meldete die Vollständigkeit der Passagiere und das Schliessen der Türen über das Bordtelefon ins Cockpit. Anschliessend wandte sie sich über die Bordlautsprecher an die Passagiere und begrüsste sie.

"Grüezi meine Damen und Herren, im Namen von Flugkapitän Franz Huber und seiner Crew begrüsse ich sie herzlich auf unserem Flug nach Monrovia. Wir werden Ihnen jetzt die Sicherheitsbestimmungen im Flugzeug erklären, bitte beachten Sie auch die Hinweisbroschüre in ihrer Sitztasche."

Die MC erklärte den Passagieren jetzt alle Hinweise zur Sicherheit im Flugzeug, wo sich die Schwimmwesten befanden und vieles mehr. Dabei führten die Flight Attendants vor den Passagieren eine Art Ballett auf, wenn sie beispielsweise alle gleichzeitig zu den Worten der MC in Richtung der Notausgänge deuteten. Schliesslich wurden diese Begrüssung und die Hinweise auch noch in Englisch und Französisch wiederholt.

"Pling", meldete sich jetzt ein Signal aus dem Cockpit und die Anschnallzeichen leuchteten auf.

Die Flugbegleiterinnen gingen durch die Gänge und kontrollierten bei allen Passagieren, ob die Sitzgurten auch korrekt angelegt waren oder waren behilflich, wenn jemand damit Mühe bekundete. Dann begaben sie sich zu den Türen des Flugzeugs.

"Cabin Crew, yellow Door Selectors to Automatic please, danke viel mal," war die Stimme des Captains über die Bordlautsprecher zu vernehmen. Sofort stellten die Flugbegleiterinnen an den Türen gelb markierte Hebel auf die Stellung "Automatic". Wenn jetzt eine Türe geöffnet wurde, so löste die Rutschbahn aus und war so bereit für ein fluchtartiges Verlassen des Flugzeugs. Das war ja am Boden, wenn die Türen zum Ein- und Aussteigen geöffnet werden mussten, nicht erwünscht und so mussten, nachdem die Triebwerke abgestellt waren, die Hebel auf "Manuell" und vor dem Starten der Triebwerke wieder auf "Automatic" gestellt werden.

Die Flugbegleiterinnen klappten nun bei den Türen Sitze herunter und setzten sich. Sie schnallten sich ebenso an wie die Passagiere.

Ein dumpfes dröhnen von aussen zeigte an, dass die Piloten nun mit dem Starten der Triebwerke begonnen hatten.

Schliesslich liefen alle drei Turbinen und ein leichter Ruck zeigte an, dass der Traktor das Flugzeug nun rückwärts vom Dock wegschob.

Dann begann die Vorwärtsbewegung des Flugzeugs, begleitet von einem leichten Aufheulen der Triebwerke, weg vom Dock auf den Taxiway und auf diesem zur Startbahn.

Auf den grossen Bildschirmen an den vorderen Kabinenwänden war eine Landkarte eingeblendet, darauf war ein kleines Flugzeug zu erkennen, welches die eigene

Maschine symbolisierte. Ausserdem waren die Höhe und die Geschwindigkeit eingeblendet. Das Flugzeug rollte mit etwas mehr als 50 km/h auf dem Taxiway dahin.

Sie fuhren an den Flughafengebäuden vorbei, machten einen Bogen und fuhren dann parallel zur Startbahn bis zu deren Anfang. Dort hielt das Flugzeug an.

"Meine Damen und Herren, hier spricht ihr Captain, wir werden in rund 7 Minuten starten, danke."

Der Flieger blieb einige Minuten stehen, rollte dann wieder etwas vor, als das Flugzeug davor in die Startbahn einbog und blieb erneut stehen. Durch die linken Fenster war die Startbahn zu sehen, wie der dort stehende Flieger anrollte und dann mit donnernden Triebwerken in Richtung Himmel davonstürmte.

Schliesslich wurde das Einrollen in die Startbahn freigegeben und die Triebwerke der DC 10 heulten kurz auf, während das Flugzeug mit elegantem Bogen in die Startbahn einschwenkte.

Das Zeichen für die Gurte wurde aus -und wieder eingeschaltet, das zweimalige "Ding" war das Zeichen für die Kabinencrew zum Start und die Triebwerke begannen zu heulen, welches sich dann zu einem kernigen Dröhnen steigerte.

Zuerst sanft, dann immer heftiger wurden die Passagiere in die Sitze gedrückt, als das Flugzeug die Startbahn hinunterjagte und das Rumpeln der Räder auf der Piste immer lauter wurde.

Schliesslich gab es einen letzten Rumms des Fahrwerks und das Flugzeug hob ab.

Zuerst gerade, dann in einer, immer schräger geneigten, Linkskurve, gewann das Flugzeug an Höhe und tauchte schliesslich in die Watte des über dem Flughafen liegenden Hochnebels ein.

Nach kurzer Zeit durchstiess der Jet die Nebelsuppe und alles war in gleissendes Sonnenlicht getaucht. Schliesslich war die Linkskurve beendet und der vorläufige Kurs eingesteuert. Das Flugzeug legte sich wieder gerade und stieg weiter.

Die Flugbegleiterinnen schnallten sich los und gingen wieder durch die Gänge. Es kam ab und zu vor, dass Passagiere beim Steig- oder Sinkflug mit dem Druckausgleich nicht klarkommen und da hielten die Flugbegleiterinnen immer ein wachsames Auge darauf.

Schliesslich wurde der Steigflug flacher und das Flugzeug strebte dem Süden zu. Es würde knapp sieben Stunden dauern, bis Monrovia erreicht war, also blieb der Besatzung auch genug Zeit, die Mahlzeiten zu servieren. Auf Kurzstrecken ist das oft recht schwierig, weil wenn es dann noch Turbulenzen gibt, sich die Zeit für das Essen drastisch verkürzen konnte. Aber auf einer Langstrecke, wie hier, war das kein Problem.

Das Flugzeug lag ruhig in der Luft und strebte in 5000 m Höhe dem Süden zu.

"Möchtest Du eine Zeitung?" fragte da auf einmal eine Stimme neben Peter. Er wandte sich vom Fenster ab und sah, dass die Flugbegleiterin, die sich mit Marianne vorgestellt hatte, zu ihm getreten war. "Ja gern," sagte er und schmunzelte, "wenn eine frei ist."

Er wies mit dem Kopf in Richtung Mitpassagiere, die alle in irgendwelche Zeitungen vertieft waren. Oft hatte es im Flugzeug dann zu wenige und er musste als Besatzungsmitglied zu Gunsten eines Passagiers verzichten.

"Du hast Glück," lächelte sie zurück und legte mehrere Zeitungen auf seinen Tisch, den er aus der Sitzlehne ausgeklappt hatte.

"Danke Dir," sagte Peter und nahm die oberste vom Stapel. "Darf ich nachher auf einen Kaffee ins Gally kommen?"

"Ja klar doch, wann gehst Du ins Cockpit?"

"Erst wenn wir oben sind, ich denke, im Moment ist es noch ungelegen."

"Okay, magst Du was trinken? Essen gibt's in 20 Minuten"

Peter überlegte einen Moment. "Ja gern, ich muss schauen, dass ich genug trinke, darf ich ein Glas Wasser haben?"

"Ich bringe Dir eines."

Marianne ging nach vorn in die Gally und brachte ihm kurz darauf eine Flasche Mineralwasser und ein Glas. "Zum Wohl, und viel Spass mit den Zeitungen."

Peter dankte lächelnd und trank einen Schluck Wasser. Es war in Flugzeugen immer das Problem der trockenen Luft zu bedenken. Die Kabine wies einen Druck auf, der dem auf 2000 m Meereshöhe entsprach und durch die Klimaanlage war die Luft sehr trocken. Da musste man, vor allem wenn man viel flog, wie die Besatzung, immer genug trinken, damit die Gesundheit nicht litt. Und am besten trank man Wasser. Ausserdem verwendeten viele Angehörige des fliegenden Personals Nasensalbe, um ein Austrocknen der Nasenschleimhaut zu verhindern.

Peter schlug die Zeitung auf und überflog die Schlagzeilen. Es war ihm nicht erlaubt, ein Buch zu lesen, aber immerhin, die Zeitungen durfte er lesen.

Es gab ein paar solcher Vorschriften für den Tiger, die durchaus Sinn machten. So durfte er, auch auf Langstreckenflügen, im Flugzeug nicht schlafen. Er durfte während der Flüge keinen Alkohol konsumieren, was für Peter eh kein Thema gewesen wäre.

Die Filme konnte er sich ansehen aber natürlich ohne Ton. Kopfhörer waren strikt verboten. Aber wenigstens zuschauen konnte er. So liessen sich die mühsamen Zeiten während langer Flüge etwas leichter überstehen.

Es kann sehr hart sein, wenn man schon seit 6 Stunden im Flugzeug sitzt, nur gelegentlich durch einen Gang in die Gally unterbrochen und dann gehen in der Kabine die Lichter aus und alle schlafen. Diese Stunden ziehen sich dann zäh wie Kaugummi in die Länge. Wenn dann noch die Zeitverschiebung dazu kommt, halleluja.

Das Problem stellte sich aber auf diesem Flug nicht. Sie waren am Vormittag abgeflogen, blieben in der gleichen Zeitzone und kamen somit am Nachmittag an. So kam wenigstens der Schlafrhythmus nicht in Unordnung.

Peter schaute wieder auf die Karte an der Stirnseite des Flugzeugs und sah, dass sie mittlerweile auf 9000 m gestiegen waren zudem hatten sie bereits Italien erreicht und flogen weiter südwärts. Da er wusste, dass die Reiseflughöhe 10300 m betragen würde, rechnete er damit, dass sie diese Höhe im Gebiet von Neapel würden erreicht haben. Bis dahin dauerte es vielleicht noch 10 Minuten.

Natürlich hätte der Captain die Höhe auch viel früher erreichen können, aber die Dichte des Flugverkehrs liess das manchmal nicht zu, so dass sich das Flugzeug, von Flugfläche zu Flugfläche nach oben arbeitete, je nachdem, welche Freigaben vorlagen.

Aus dem Gally erschien Marianne wieder in der Kabine und schob einen Servierwagen vor sich her. Die Vorspeise.

Es gab, wie meistens in der ersten Klasse Kaviar mit Beigemüse, gehackten Zwiebeln, Kapern, gehacktem Ei und Toast, aber im Gegensatz zu den anderen Klassen im Flugzeug wurde hier Plattenservice betrieben, der Kaviar wurde aus einer grossen Dose entnommen. Peter schätzte, dass in der Dose mindestens 300 Gramm sein mussten.

In der Businessclass gab es jeweils ein kleines Gläschen mit einer Portion, in der Economy gab's gar keinen. Aber wer so viel Geld für ein Flugticket ausgab, durfte auch einen guten Service erwarten.

Damit alle Passagiere in der ersten Klasse mehr oder weniger gleichzeitig versorgt wurden, wurden oft in beiden Gängen gleichzeitig serviert. Marianne schob den Servicewagen in den linken Gang der ersten Klasse, wo fensterseitig, auch Peter sass.

Sie bediente von vorne nach hinten und hielt dann neben Peter an.

"So, was hättest Du denn gern zum Kaviar," fragte sie und legte einen Teller bereit.

"Eigentlich wollte ich gar nichts, " antwortete Peter, "ich weiss nicht, ob ich Kaviar überhaupt mag, ich konnte mich noch nie überwinden, davon zu essen."

"Dann wird es Zeit, dass Du es versuchst," gab Marianne zurück und lächelte Peter entwaffnend an, so dass er kaum mehr Nein sagen konnte.

Sie holte mit einem Esslöffel zwei Portionen Kaviar aus der Dose. "Wenn man es noch nie gegessen hat, weiss man nicht ob es gut ist. Und ausserdem müsste ich sonst mehr

Kaviar wegwerfen, wir können die geöffneten Dosen nicht mehr verwenden."

Es lag in der Natur der Sache, dass es bei heiklen Produkten fast nicht möglich war, diese für einen nächsten Flug wieder zu verwenden. Dann mussten geöffnete Verpackungen weggeworfen werden.

Sie dekorierte gehacktes Ei und Kapern zum Kaviar. Als sie auch Zwiebeln dazu legen wollte, sagte Peter: "Bitte keine Zwiebeln, die vertrage ich nicht."

Marianne lächelte und legte die Zwiebeln wieder zurück. Dann stellte sie den Teller auf das Tischchen, gab ein Körbchen mit frischem Toast, eine Serviette und Besteck dazu und schenkte das Glas wieder mit Mineralwasser voll.

"Normalerweise trinkt man ja Champagner dazu," meinte sie und deutete auf die Flaschenbatterie auf ihrem Wagen.

"Oder, wie die Russen, Wodka," erwiderte Peter, "danke viel mal, ich bin ja gespannt, ob's mir schmeckt."

"Ich auch," gab sie zurück.

Peter nahm die Gabel und lud sich ein bisschen Kaviar darauf, dann schob er sich die Gabel in den Mund.

Gespannt beobachtete ihn Marianne und fragte dann: "Na, schmeckt's?

"Nicht schlecht," antwortete er "aber nichts, wofür ich meilenweit gehen würde."

"Dann wünsche ich Dir noch einen guten Appetit," erwiderte sie und schob ihren Wagen wieder nach vorn.

Peter schob sich Gabel um Gabel den Kaviar in den Mund. Wirklich gut fand er ihn nicht, aber er hatte Marianne nicht enttäuschen wollen, es schien ihr daran gelegen, ihn kulinarisch zu verwöhnen. Schliesslich war er mit der Portion fertig.

Mittlerweile war das Flugzeug auf 10300 m gestiegen und Peter überlegte sich, ob er ins Cockpit gehen solle. Aber möglicherweise assen die Piloten gerade und da wollte er nicht stören. Er konnte ja fragen, wann sie essen würden, dann konnte er zwischendurch mal nach vorn.

Zunächst wollte er sich aber mal ein Bild in der Kabine verschaffen. Daher stellte er sein Geschirr auf das Tischchen des leeren Sessels daneben und stand auf.

Durch den Vorhang ging er in die Businessclass und schaute kurz in die dortige Gally hinein. Die Flugbegleiterinnen waren am Zubereiten der Mahlzeit, so dass er ohne zu stören, weiter durch die Kabine nach hinten ging. Durch den nächsten Vorhang gelangte er in den Kabinenteil der Economy-Class. Hier war alles viel enger und er hatte auch immer das Gefühl, dass es in der Enge und den vielen Leuten, die hier sassen, etwas roch.

Er ging durch die Kabine nach hinten und liess seine Augen möglichst unauffällig über die Passagiere schweifen. Dann kam er zu der im Heck liegenden Gally der Economy. Auch hier herrschte Hochbetrieb, so dass er wieder nach vorne ging.

Als er zu seinem Sessel kam, hatte Marianne das Geschirr schon abgeräumt. Er ging daher direkt zum Gally.

"Hallo zusammen," sagte er, da ausser Marianne noch ihre Kollegin anwesend war, die den rechten Teil der ersten Klasse betreute.

"Wisst ihr, wann der Captain und der Copi essen?"

"Ja," antworte Juliana, die Kollegin von Marianne, "sie haben in einer halben Stunde bestellt."

"Okay, dann kann ich sie ja kurz stören," sagte Peter und setzte hinzu: "Könntet ihr rasch vorne melden, dass ich komme?"

Marianne nickte und griff zum Bordtelefon.

"Captain, der Tiger kommt nach vorne, passt das?" Sie hörte kurz zu und legte dann wieder auf. "Du kannst nach vorn, er hat Zeit."

Peter ging zur Cockpittüre und klopfte. Der Summer ertönte und Peter zog die Türe auf. Im Cockpit sass grad neben der Türe rechts der Flight Ingenieur, früher Bordmechaniker genannt an seinem Panel.

Peter ging an ihm vorbei zu den Piloten und wartete, bis der Captain seinen Sitz etwas zurückfuhr und sich umwandte.

"Alles in Ordnung da hinten," fragte er.

"Ja, nichts Problematisches festgestellt, keine Deporties, keine Säufer. Wenn's so bleibt, gibt's eine ruhige Sache."

Deporties waren Menschen, die aus irgendwelchen Gründen in ihr Heimatland zurückgeschafft werden mussten und es kam hin und wieder vor, dass diese dann Probleme machten auf dem Flug. Diese bekam der Tiger vor dem Flug gemeldet, damit er sie besonders im Auge haben konnte. Leider wurden diese Deporties nur in seltenen Fällen von Sicherheitspersonal begleitet, so dass die Crew des Flugzeugs damit selber fertig werden musste. Dann waren die Dienste des Tigers immer sehr geschätzt.

Der Captain winkte ab: "Na wenigstens das, über der Sahara wird's dann noch genug Unruhe geben." Da Peter darauf nichts erwiderte, setzte er hinzu: "Hat einen Sandsturm in der südlichen Sahara und die Auswirkungen werden wir auch hier oben merken, wird ein wenig Schütteln."

"Was denkst Du, Captain, wann wird das etwa losgehen? Ich möchte noch einmal eine Runde machen vorher, in der Eco waren sie vorhin zu beschäftigt."

Der Captain runzelte die Stirn und sagte: "Das wird schon in zehn oder zwölf Minuten sein, Peter, da wird der Rundgang warten müssen."

"Okay, dann geh ich wieder," antwortete Peter, "essen wir noch, solange das Essen auf dem Teller bleibt. "

Der Captain lachte kurz auf und zwinkerte dem Copiloten zu: "Der ist richtig, unser Tiger," worauf dieser grinsend nickte. Peter grinste auch, drehte sich um und ging wieder nach hinten.

Beim Vorbeigehen sah er im Gally, dass bereits der Hauptgang bereit gemacht wurde. Er ging zu seinem Sessel und legte sich die Sicherheitsgurte an. Er machte das immer, wenn er im Sessel sass, auch wenn das Flugzeug ruhig dahinzog, aber er wusste, dass Turbulenzen manchmal auch unerwartet auftreten und daher war das das kleinere Übel. Fliegen war halt, auch wenn es sehr bequem war in der ersten Klasse, immer noch kein Wohnzimmeraufenthalt.

Im rechten Teil der Kabine hatte der Service des Essens bereits begonnen und auch in linken Gang wurde gerade der Servicewagen in die Kabine gerollt.

Wer schon mal geflogen ist, kennt das vermutlich so:

Vom Wagen bekommt man ein Tablett mit dem Essen vorgesetzt. Das Essen ist portioniert, und alles in allem sehr schmackhaft. Aber es bleibt ein Menu vom Tablett.

In der ersten Klasse sah das wie folgt aus:

Auf dem weiss gedeckten Servicewagen standen mehrere zugedeckte Schüsseln, vorgewärmte Teller und mehrere Wein-, Champagner- und Mineralwasserflaschen.

Das Essen kann vom Fluggast aus drei Menüs ausgewählt werden, es wird dann auf dem Teller angerichtet und serviert. Es könnte in einem Luxusrestaurant nicht besser gemacht werden.

Peter nahm sich die Speisekarte vom Nebensessel, wo sie vermutlich von Marianne hingelegt worden war, als er beim Captain gewesen war.

Die Auswahl war wieder sehr üppig: Lammkarree, Rehrücken oder Rinderbraten.

Peter war schnell mit sich einig, dass er heute den Rehrücken nehmen würde.

Als Marianne schliesslich mit dem Wagen bei ihm ankam, nannte er ihr seine Wünsche und wurde prompt bedient.

Er liess sich die Mahlzeit schmecken, wobei er nur bedauerte, dass er dazu auf den Rotwein verzichten musste, aber das gehörte nun mal dazu.

Schliesslich war er fertig und, fast pünktlich auf die Minute, wie vom Captain vorhergesagt, begann die Maschine zu rütteln.

"Ping". Das Anschnallzeichen leuchtete auf und der Captain meldete sich aus dem Cockpit.

" Sehr geehrte Fluggäste, mein Name ist Franz Huber, ich bin heute Ihr Flugkapitän. Im Namen der Besatzung, begrüsse ich sie auf unserem Swissair-Flug nach Monrovia. Wie sie gesehen haben, mussten wir die Sicherheitsgurte wieder anlegen lassen, wir haben mittlerweile das Mittelmehr erreicht und verspüren die Auswirkungen eines

Gewitters unter uns. Die Turbulenzen werden aber nur ungefähr 10 Minuten dauern und nicht allzu heftig sein. Wir haben jetzt bis zum Ziel noch etwa viereinhalb Stunden Flugzeit und werden dabei auf einer Flughöhe von 10300 Metern bleiben. Der restliche Flug wird ohne weitere Störungen verlaufen und wir werden auch voraussichtlich pünktlich in Monrovia ankommen. Wir hoffen, dass ihnen das Mittagessen schmeckt ihnen und wünschen Ihnen einen weiterhin angenehmen Flug. En Guete mitenand."

Der Captain wiederholte seine Ansprache auch noch in Englisch und Französisch.

Peter musste immer wieder an eine Achterbahn denken, wenn das Flugzeug durchsackte und die die Passagiere ihrem Unwohlsein, durch lauter werdendes Geschwätz Luft machten.

Es rüttelte immer wieder und die Maschine hob und senkte sich, je nach der durchflogenen Luftschicht, aber es hielt sich nach Peters Ansicht im Rahmen. Er hatte auf Nordatlantikflügen schon erheblich mehr erlebt.

Peter schaute aus dem Fenster und beobachtete das linke Triebwerk, dass er gerade noch so schen konnte, wie es sich unter der Aufhängung bewegte. Wenn man nicht wusste, dass diese Bewegungen in der Konstruktion eingeplant waren, konnte es einem schon Angst machen, wenn man sah, wie die Gondeln unter den Flügeln hin und her schwangen und sich die Flügel auf und ab bewegten, wie bei einem Vogel.

Das Rütteln hörte bald wieder auf und der restliche Flug verlief sehr ruhig. Die Passagiere dösten, lasen die Zeitung oder genossen den Film.

Schliesslich meldete sich der Pilot wieder über die Lautsprecher: "Sehr geehrte Damen und Herren, wir beginnen
jetzt den Sinkflug. Das Wetter vor Ort ist schön und heiss,
die Temperatur beträgt aktuell 36 Grad. Bitte bleiben Sie
während des restlichen Flugs angeschnallt. Vielen Dank."
Auch diese Ansage wiederholte er in Englisch und Französisch.

Unmittelbar danach konnte man hören, wie der Schub
der Triebwerke zurückgenommen wurde und man fühlte,
wie das Flugzeug langsamer wurde und zu sinken begann.

Peter wusste, dass er jetzt noch ca. 30 bis 40 Minuten
Zeit hatte, sich auf die Landung vorzubereiten. Da auch die
Landung vermutlich ruhig verlaufen würde, war keine
Eile, sich umzuziehen. Peter beobachtete daher ein wenig
den Anflugvorgang. Mit der Zeit konnte man aufgrund
des Rumpelns und der Geräusche erkennen, was gerade
passierte. Das stückweise Ausfahren der Landeklappen,
der Vorflügel oder des Fahrwerks. Mittlerweile hatte das
Flugzeug die Hälfte der Höhe abgebaut und Peter fand es
an der Zeit, sich für die Landung vorzubereiten. Er löste
die Gurten, stand auf und holte sich den Kleidersack aus
dem Gepäckfach. Damit begab er sich in die Toilette. Die
Passagiere schauten ihm natürlich nach aber die meisten
von ihnen wussten als Vielflieger sowieso, welche Funktion er innehatte.

In der Toilette fand Peter, wie so oft, etwas desolate Ver-
hältnisse vor. Es gab einfach Passagiere, die keine Ordnung
halten konnten und der Boden war nass. Bei einem ruhigen
Anflug war das weniger ein Problem, man musste nur darauf achten, dass die Hosen nicht in die Pfütze getaucht

wurden. Bei einem unruhigen Anflug, war das aber jeweils eine akrobatische Einlage ohne Zuschauer.

Peter wechselte den Anzug gegen die Uniform aus, wobei er peinlich darauf achtete, dass keine Kleider nass wurden.

Schliesslich war es geschafft und Peter entlud die Pistole, die er dazu wieder gegen die Panzerplatte richtete. Er durfte die Waffe bei der Landung nicht mehr auf sich tragen, da er ja in ein fremdes Land einreiste. Er ging zurück zu seinem Sitz und wartete die Landung ab.

Als das Flugzeug aufgesetzt hatte und der Bremsvorgang abgeschlossen war, erhob er sich nochmal, um die Waffe wieder im Tresor zu verstauen. Dann gesellte er sich zu der übrigen Besatzung, als deren Mitglied er ja jetzt wegen der Uniform erkennbar war.

Schliesslich erreichte das Flugzeug den Standplatz und die Treppe wurde herangerollt. Als das Flugzeug zum Stehen kam, war wieder der Captain zu vernehmen: "Cabin Crew, yellow Door Selectors to manual please. Danke vielmal". Die gelben Hebel an den Türen wurden von dem Flight Attendants, wie die Flugbegleiter eigentlich korrekt genannt werden, von "Automatic" auf "Manuell" gedreht.

Es wird immer wieder erzählt, dass dies einmal bei einer Türe vergessen worden sei und als die Besatzung für das Catering die Türe öffnen wollte, habe es die Rutschbahn rausgesprengt, was einigen Schaden angerichtet habe. Ob dies wahr ist oder nicht, wusste eigentlich niemand so genau.

Schliesslich war das Flugzeug bereit, dass die Passagiere aussteigen konnten. Natürlich drängelten alle, vor allem diejenigen, die sich vorzeitig abgeschnallt und das Gepäck gegriffen hatten, alle voran.

Als alle Passagiere die Kabine verlassen hatten, räumte die Kabinenbesatzung das Chaos, dass hinterlassen worden war, auf. Sitztaschen wurden kontrolliert, wo nötig wieder komplettiert. Auch Peter half dabei mit. Schliesslich konnte man eher aus dem Flugzeug, je schneller das Aufräumen erledigt war. Mittlerweile hatten die Servicefahrzeuge ihren Weg zum Flugzeug gefunden und in den Bordküchen wurden die Trolleys genannten Wagen durch neue, frisch aufgefüllte ersetzt und die Reinigungsmannschaft kam an Bord. Für die Crew war es nun Zeit, ebenfalls auszusteigen.

Sie würden nach einer kurzen Wartezeit mit einem kleinen Flugzeug über den Fluss geflogen werden, wo sie dann in ein paar Tagen einen anderen Flug übernehmen würden. Das wird dann eine neue Geschichte.

Mit Randale nach Casablanca

Wer Casablanca hört, dem fällt unweigerlich die berühmte Geschichte mit Humphrey Bogart ein. Und man sieht vielleicht vor dem inneren Auge die letzten Szenen am Flughafen aus dem Film.

Der Flughafen hat sich aber genau so verändert seit jener Zeit, wie die Fluggäste, die hier ankommen oder abfliegen.

Wenn Peter an seinen einzigen Flug nach Casablanca zurückdenkt, dann hat er zwei Bilder vor Augen: Das üppige Menü der First-Class, dass er auf diesem Hin- und Rückflug zweimal vorgesetzt bekam und einen randalierenden Fluggast.

Aber von Anfang an.

Das Prozedere in Kloten lief wie gewohnt ab. Nach dem Briefing begaben sie sich zur Grenzkontrolle und zum Bus. Heute war es eine MD87, eine Weiterentwicklung der DC9, die sie hin und zurück bringen würde.

Peter hatte beim Briefing erfahren, dass sie dieses Mal einen unbegleiteten Deportie an Bord haben würden. Manchmal musste man diesen Deporties die Pässe abnehmen, damit sie diese nicht unterwegs verschwinden liessen. Dieses Mal war aber nichts derartiges vorgesehen, der Mann schien kein Problemfall zu sein.

Casablanca ist eine Destination, die "Turn arround" angeflogen wird. Das heisst, man fliegt hin, hat eine gute Stunde, je nachdem, Aufenthalt und fliegt wieder zurück. Im Jargon werden solche Flüge "Türschletzer" genannt.

Da der Flug relativ kurz ist, spielt sich das ganze Prozedere an Bord, Essen servieren, und so weiter, schneller ab als auf einem Langstreckenflug.

So wurde kurz nach dem Start bereits mit dem Service begonnen und die Crew wuselte emsig in den Bordküchen und im Mittelgang herum.

Peter hatte wieder das Vergnügen, in der ersten Klasse fliegen zu dürfen, da auch in diesem Modell die erste Klasse direkt hinter dem Cockpit liegt. Die Menüauswahl wurde damals jeden Monat gewechselt, deshalb kannte er das Angebot schon und es wurde langsam schwierig, etwas zu wählen, was er nicht schon auf einem der vorherigen Flüge gegessen hatte. Auch das beste Essen kann einem irgendwann "aus dem Hals hängen", wenn man es immer und immer wieder vorgesetzt bekommt.

Er wurde, wie immer in der ersten Klasse, fürstlich bewirtet und genoss das gute Essen.

Damals war es noch üblich, dass in den "hinteren" Klassen viele Getränke an Bord kostenlos gereicht wurden. So kam es, dass einer der Passagiere, der Deportie, mehr Alkohol genoss, als ihm der Glaube erlaubte und ihm auch guttat. Kurzum, über dem Mittelmeer begann der Mann die Passagiere zu belästigen. Er schrie in der Kabine herum, rüttelte an den Sitzen und führte sich sehr unangenehm auf.

Die Flight Attendants sind geschult, solche Menschen zu beruhigen aber dieses Mal gelang es ihnen nicht, so dass sie bald mal bei Peter vorstellig wurden und um Hilfe baten. Es war üblich, dass sich der Sicherheitsmann erst dann einschaltete, wenn er darum gebeten wurde, ausser in Notfällen natürlich.

Peter ging also nach hinten und sprach den Mann an. Der war wie von Sinnen und hörte nicht auf, zu toben. Als die guten Worte nichts nützten, blieb keine andere Wahl:

144

Peter musste ihn ruhigstellen. Zu diesem Zweck sind die Tiger auch mit Handschellen ausgerüstet, die nun zum Einsatz kamen. Es war eine Heidenarbeit, in der Enge des Flugzeugs einem randalierenden Mann Handschellen zu verpassen. Als es schliesslich geschafft war, war schnell ersichtlich, dass diese Massnahme nicht reichen würde. Peter blieb also nichts anderes übrig, als den Randalierer für den Rest des Fluges im Sitz zu fixieren.

"Könntest Du bitte dem Captain melden, was los ist und ihn bitten, die örtlichen Behörden am Zielflughafen zu informieren", bat Peter eine der dabeistehenden Flight Attendants. Diese nickte und eilte zum Bordtelefon.

Kurz danach kam der Captain persönlich nach hinten und wollte sich ein Bild der Lage machen.

"Das ist ja übel, wie der sich aufführt", sagte er zu Peter. Der nickte, während er mit beiden Händen den Randalierer in den Sitz drückte. "Ich bin froh, wenn wir bald dort sind."

Der Captain meinte: "Ich werde melden, dass wir den Mann zuerst und über die hintere Treppe hinauslassen, damit sie ihn in Empfang nehmen können."

Obwohl der Flug nur noch etwas mehr als eine halbe Stunde dauerte, kam es Peter vor, als ob er ewig da stünde. Langsam schmerzten ihm die Arme und er musste ständig auf der Hut sein, den Kopfstössen des Randalierers auszuweichen. Nur gut gab es keine Turbulenzen, denn dann wäre es sehr übel geworden.

Schliesslich setzte das Flugzeug auf und rollte zum Standplatz, der sich mitten auf dem Tarmac befand.

145

Peter zog den Mann, der langsam etwas müde geworden zu sein schien, aus dem Sitz und führte ihn zum hinteren Ausgang.

Als dann die Treppe herangerollt war und sich die Türe öffnete, sah er in einigen hundert Metern einen Jeep heranbrausen. 'Ah, die Sicherheitskräfte', dachte er. Er entfernte die Handschellen und wartete mit dem Mann oben auf der Treppe.

Als der Jeep auf wenige Meter herangekommen war, riss sich dieser unvermittelt los, stürmte die Treppe hinunter und rannte quer über den Tarmac davon. Offensichtlich hatte er keine Lust, sich mit den Sicherheitskräften zu unterhalten.

Der Jeep änderte den Kurs und nahm die Verfolgung auf und kurz darauf war er in Gewahrsam. Erst jetzt konnte die Besatzung den übrigen Passagieren den Ausstieg erlauben.

Die Wartezeit bis zum Eintreffen der neuen Passagiere nutzte die Besatzung, um in der Kabine Ordnung zu schaffen. Die Putzmannschaft kam an Bord und reinigte die Kabine, während die Küche neu bestückt wurde.

Schliesslich wurde das Gepäck der Passagiere angeliefert und Peter begab sich zum Förderband, welches die Gepäckstücke vom Wagen zur Frachtluke befördert. Hier beobachtete er pflichtgemäss das einladen der Gepäckstücke, wobei er sich hauptsächlich auf das Verhalten der Lademannschaft konzentrierte.

Einem Gepäckstück sieht man nicht an, ob es gefährlich ist, ein Mensch hingegen kann sich durch sein Verhalten verraten.

Es verlief alles reibungslos und der Flug konnte beginnen. Wie schon beim Hinflug, kam wenig nach dem Start die Flight Attendant zu ihm. "Na, auf was hast Du jetzt Lust?" Dabei grinste sie verschmitzt.

Peter wurde bewusst, dass ihm nach knapp 3 Stunden erneut ein grosses Dinner bevorstand und stöhnte. "Eigentlich habe ich noch gar keinen Hunger." Da er sich aber wie ein regulärer Passagier zu benehmen hatte, blieb ihm nichts anderes übrig, als sich noch einmal durch das üppige Angebot durch zu essen.

Man stelle sich vor: Innert drei Stunden zwei komplette, mehrgängige Menüs. Die Flight Attendant lachte ihn dabei immer wieder ein bisschen aus, was Peter durchaus verstehen konnte. Schadenfreude ist schliesslich die schönste Freude.

Trotzdem war er froh, als er in Kloten das Flugzeug verlassen konnte und endlich etwas Bewegung bekam.

Er nahm sich nach dieser Mästung fest vor, mindestens zwei Tage zu fasten.

Die Stiefel

Langstreckenflüge haben es so an sich, dass die Besatzung mehr Zeit hat, miteinander zu plaudern. Vor allem wenn alle Passagiere schlafen. Obwohl die Crew für jeden Flug neu gemischt wird, kennen sich viele, vor allem langjährige Mitarbeiter schon von früheren Flügen.

Für diejenigen, die noch nicht lange dabei sind, hat es immer wieder neue Gesichter in der Crew. Und als Tiger war man notgedrungen auf den allermeisten Flügen mit neuen Gesichtern konfrontiert.

Das ist also eine Gelegenheit, sich näher kennen zu lernen, wenn man in den langen Stunden in der Bordküche zusammen Kaffee trinkt und darauf wartet, dass die Zeit und damit der Flug endlich durch sind. Manchmal gab es an den Destinationen einige Tage Aufenthalt vor dem Rückflug. Boston gehörte aber, genauso wie New York, nicht dazu. Hier übernachtete die Besatzung und flog am folgenden Tag wieder zurück.

Auf dem Weg nach Boston verlief der Flug in der DC10 ziemlich ruhig, was für die Jahreszeit eher ungewöhnlich war. Normalerweise verlaufen Nordatlantikflüge im Winter etwas rauer, der Jahreszeit und den Windverhältnissen geschuldet.

So konnte der Tratsch in der Küche relativ gemütlich stattfinden, wenn man mal davon absieht, dass es keine Sitzgelegenheiten gibt und man dabei stehen muss.

Schliesslich war auch dieser Flug zu Ende und die Crew wurde ins Hotel gefahren. Am folgenden Tag sollte der Rückflug nach Zürich stattfinden.

Nach dem Zimmerbezug trafen sich die meisten der Crew zu einem Schlummertrunk in der Bar. Da der Flug in der Nacht angekommen war, traf es sich, dass die Bar schon bald dicht machte. Einige verabschiedeten sich und gingen schlafen.

Am Schluss blieben noch zwei Flight Attendants, der Co-Pilot und Peter übrig. Da es sonst nirgends mehr etwas zu trinken gab, beschloss man, die Zimmerbars zu plündern.

Schliesslich landete die Truppe auch im Zimmer von Peter und genoss, was die Bar hergab. Mittlerweile war es sehr spät geworden und die Bar leer. Da der Flug am folgenden Tag erst am späteren Nachmittag stattfand, war dies kein Problem. Die Vier hatten es ziemlich lustig, so dass es länger dauerte. Aber dann forderte die Natur ihr Recht und die Gruppe teilte sich.

Der Copi und die eine Flight Attendant verabschiedeten sich und verliessen das Hotelzimmer. Die noch verbliebene Dame zog ihre Stiefel aus und legte sich gemütlich aufs Bett.

Peter beobachtete sie etwas irritiert und sagte dann: "Eigentlich wollte ich jetzt auch schlafen gehen. Warum ziehst Du die Schuhe aus?"

Sie betrachtete Peter mit einem deutlich irritierten Blick und setzte sich ruckartig wieder auf. Sie zog die Stiefel wieder an.

"Dann gehe ich halt auch", war ihre Erwiderung. Peter fragte sich, warum sie plötzlich so sauer geworden war. Das verstand er nicht.

Am folgenden Tag war sie sehr frostig zu ihm und sprach kaum mit ihm. Peter konnte mit diesem Verhalten nichts anfangen und nahm es einfach so hin.

Der Rückflug verlief mehrheitlich ruhig, ausgenommen den Passagier betreffend, der so übel stank, dass sich dieser Geruch immer mehr im Flugzeug ausbreitete. Im Flugzeug kann man ja nicht einfach die Fenster öffnen und durchlüften. Die in der Kabine vorhanden Luft wird von der Luftumwälzung umgewälzt, so dass sich der üble Gestank immer mehr im Flugzeug ausbreitete.

Schliesslich war es zu viel und die Flight Attendants aus mussten aus dem Zollfrei-Sortiment Deo Sprays holen. Alle paar Minuten gingen sie nun damit durch den Gang am "Stinker" vorbei, um diesen schlimmen Geruch zu überdecken.

Trotzdem waren alle froh, als der Flug endlich in Zürich endete.

By the way: Peter realisierte erst viel später, warum die Besucherin im Zimmer die Schuhe ausgezogen hatte und dann auf die Abweisung so schroff reagierte. Sie hatte mehr von ihm gewollt als nur einen Drink. Aber Peter war zu dieser Zeit liiert und es war ihm gar nicht in den Sinn gekommen, mehr als ein paar Drinks zu nehmen.

Hätte er ihre Intentionen direkt realisiert, wäre er vermutlich etwas subtiler vorgegangen und hätte sie nicht so vor den Kopf gestossen. Wie das Leben so spielt.